读客悬疑文库

认准读客读悬疑,本本都是大师级。

大山诚一郎

绑架回忆
诡计博物馆2

[日]大山诚一郎 著　吕平 译

記憶の中の誘拐
赤い博物館

北京日报出版社

图书在版编目（CIP）数据

绑架回忆：诡计博物馆 . 2 /（日）大山诚一郎著；吕平译 . -- 北京：北京日报出版社，2023.3
ISBN 978-7-5477-4463-5

Ⅰ . ①绑… Ⅱ . ①大… ②吕… Ⅲ . ①推理小说 – 小说集 – 日本 – 现代 Ⅳ . ① I313.45

中国国家版本馆 CIP 数据核字（2023）第 002178 号

KIOKU NO NAKA NO YUKAI Akai Hakubutsukan by OYAMA Seiichiro
Copyright © 2022 OYAMA Seiichiro
All rights reserved.
Original Japanese edition published by Bungeishunju Ltd., Japan, in 2022.
Chinese (in simplified character only) translation rights in PRC reserved by Dook Media Group Limited, under the license granted by OYAMA Seiichiro, Japan arranged with Bungeishunju Ltd., Japan through BARDON CHINESE CREATIVE AGENCY LIMITED, Hong Kong.
Simplified Chinese edition copyright © 2023 by Dook Media Group Limited

中文版权：© 2023 读客文化股份有限公司
经授权，读客文化股份有限公司拥有本书的中文（简体）版权
图字：01-2023-0177号

绑架回忆：诡计博物馆2

作　　者：	［日］大山诚一郎
译　　者：	吕　平
责任编辑：	王　莹
特约编辑：	齐海霞　　王　品
封面设计：	陈艳丽
出版发行：	北京日报出版社
地　　址：	北京市东城区东单三条8-16号东方广场东配楼四层
邮　　编：	100005
电　　话：	发行部：（010）65255876
	总编室：（010）65252135
印　　刷：	三河市龙大印装有限公司
经　　销：	各地新华书店
版　　次：	2023年3月第1版
	2023年3月第1次印刷
开　　本：	890毫米×1270毫米　1/32
印　　张：	6.75
字　　数：	140千字
定　　价：	42.00元

版权所有，侵权必究，未经许可，不得转载
凡印刷、装订错误，可调换，联系电话：010-87681002

記憶の中の誘拐
赤い博物館

大山誠一郎

KIOKU NO NAKA NO YUKAI
AKAI HAKUBUTSUKAN

OYAMA SEIICHIRO

目录
CONTENTS

黄昏的屋顶上　　　　/ 001

赤焰　　　　　　　　/ 047

将死亡切成十份　　　/ 091

孤独的嫌疑人　　　　/ 135

绑架回忆　　　　　　/ 165

黄昏的屋顶上

1

推开门，一抹夕阳洒在黄昏的屋顶上。

体育馆那边隐约传来吹奏乐部演奏的《毕业相片》，这是明天毕业典礼上会用到的曲子。

仿佛为了配合这旋律，少女缓缓地迈出脚步。

屋顶上摆放着许多长椅，还有一些水泥花坛。花坛里白色和黄色的水仙随着晚风轻轻摇曳。2月末春寒料峭，少女紧裹着水手服，身体还有些瑟瑟发抖。

在白天，屋顶是可以自由出入的。有些学生喜欢中午时分坐在这里的长椅上吃便当。而现在，坐在长椅上的只有一个人。或许是听到了少女的脚步声，那个人回过头来。

"前辈，我可以坐在这儿吗？"

少女一问，那个人回以微笑说："当然。"

少女在旁边轻轻坐下，幸福感渐渐涌上心头。

两人并排坐着，透过围栏眺望着校园。被夕阳染成红色的校园里几乎没有人影。校园四周的居民楼窗户里开始亮起了点点灯火。

天空中飘着几朵彩云，像是挂在天边的朱红色和绛紫色的织锦。《毕业相片》悠扬的旋律划过天际，消失在云端。明天就要举行毕业典礼了，吹奏乐部的演奏格外投入。

今天在体育馆举行了毕业典礼的联合彩排。在此之前，三年级学生和一、二年级学生是各自排练的，今天终于凑在一起彩排了。伴随着《G弦上的咏叹调》的旋律，三年级的学生一一上台领取了当作毕业证书的彩排纸张。接着，在吹奏乐部的伴奏下，一、二年级的学生合唱了《毕业相片》，三年级的学生吟唱了《萤之光》。虽然《萤之光》是首老歌，少女却听得眼角有些湿润。

在三年级的学生中，有很多人在夏天毕业之前经常出入自己所在的社团。他们来指导一、二年级的学生，传授自己的经验，每个社团都充满了活力。但现在过了5点20分了，社团活动已经结束，大部分人已经放学回家。

"……前辈，马上就要分别了呢。"少女对着那张洒满了落日余晖的侧脸说道。

那个人用平静的眼神看着少女。如此沉稳的眼神，不像是只比少女高了一个年级的样子。

"是啊，快了呢。"

"就算不能再见，也请一定要记得我啊！"

"说'不能再见'太夸张了,放假的时候还是随时都能见面啊。"

"可是,那样的话,一年也只能见一两次了呢。"

"你可以给我打电话,也可以给我写信。我一定会回信的。"

"你能这么说我很开心。"

一股热血涌上少女的心头。想到这里,少女下定决心说道:"我喜欢前辈。我想跟前辈一直在一起。可以吗?"

终于说出来了。少女屏住呼吸抬头看着对方。前辈吃惊地睁大了眼睛,但脸上依然浮现出微笑。太好了,我没有被讨厌。少女鼓起勇气,继续说下去。清澈的声音在傍晚的天空中流淌。

此时的少女还不知道,接下来等待她的会是怎样的命运。

2

2月28日,星期五,友永慎吾从位于大井町的公司出来后,并没有登上平时乘坐的东急大井町线,而是乘坐JR京滨东北线前往新桥。

"嘿,好久不见。"

刚走出新桥站的检票口,突然有人拍了他的肩膀。回头一看,小野泽洋露出洁白的牙齿。小野泽洋也是经历过那个事件的美术部原三年级学生之一,现在是一名中学美术老师。

"好久不见。"慎吾回答。

"奈津美还好吗?"

"挺好的,洋子小姐呢?"

"好得不能再好了。特别是最近身体越来越胖,真是没办法。"

"对了,你儿子明年不是要考大学了吗?"

"是啊。可是他完全不知道学习,一点儿危机感也没有。真让人头疼。"

"我觉得你爸妈也说过同样的话吧。"

小野泽大学毕业后很快就结婚生子了。其实并不是他着急结婚,而是奉子成婚,没办法了。所以,虽然他才四十一岁,孩子明年却要考大学了。

慎吾和小野泽走进预订好的居酒屋,发现桂木宏平已经在单间里等着他们了。在米黄色的矮桌前,他盘腿而坐的样子有模有样,很有官员的派头。

"喂,你小子准备什么时候升任事务次官[1]啊?"

听到小野泽的调侃,桂木笑着说:"如果能有二十个竞争对手凭空消失的话,升任事务次官就问题不大了。"他考上了东北大学,毕业后在国土交通省工作,辗转各地之后,现在回到了东京。

三人都是1991年3月从都立西原高中毕业的同学,都是美术部的。毕业二十三年来,虽然他们的工作完全不同,但至今还每年见一次面。若是大学社团的朋友倒不稀奇,但高中社团的朋友至今还在交往的就不多见了。一般即使毕业后有过一段时间的联系,但随着时间的推移,不久也就散落在天涯了。三人之所以到现在还会继续见面,是因为毕业典礼前一天发生的那个事件。那个事件,将三人的命运紧紧地联系在了一起。

慎吾的脑海中浮现出二十三年前3月1日那天的情景。

---

[1] 日本行政机关的官职,为各府省一般职位公务员的最高职位,是事务方面的首长。——译者注(如无特别说明,书中注释均为译者注)

*

早上7点多，慎吾在餐厅里吃早餐。虽然今天是毕业典礼，但他丝毫不伤感，反而为得到解放而兴奋不已。反倒是母亲有些伤感，眼里噙着泪花说道："今天也是最后一次看到你穿那身校服了……"这时，电话铃声突然响起。母亲接起电话的瞬间发出了十分惊讶的声音。

"……我知道了。"说完便立刻放下了电话。

"安土老师说，毕业典礼取消了，今天要在家等候进一步的消息。"

"咦，为什么？"

"听说一个二年级的女孩在学校里死了。"

"在学校里死了？"

慎吾一头雾水。无论如何，他都想知道事情的来龙去脉。而且毕业典礼突然取消，他一时也无法接受。

于是，慎吾给关系很好的小野泽和桂木的家里打了电话，原来他们两人也都接到了同样的电话。他们不约而同地想去学校，看看到底是什么情况。

慎吾收拾东西准备出门。母亲却显得有些慌张："你要干什么？老师都说了，毕业典礼取消了，你不在家等着……"

"是的，是的，可是在家里怎么可能老老实实地待得住？"他甩开一脸担心的母亲，往学校走去。

和慎吾一样，大概无法接受这突如其来的消息，三年级七班的学生有一半左右来到了教室。有的人激动地说着话，有的人不安地沉默着，有的人含着眼泪。

不一会儿，班主任安土来了。不知道是不是睡得不好的缘故，只见他面容憔悴，眼睛里布满了血丝。

"……我不是叫你们今天都待在家里等通知吗？"安土苦笑着环视他的学生，"唉，我就知道你们不会老实地听话。"

"死的学生是谁？"小野泽问道。

"是二年级一班的藤川由里子。"

慎吾怀疑自己的耳朵听错了。藤川由里子是美术部的后辈。小野泽的脸上也浮现出吃惊的表情。

"她是怎么死的？"小野泽继续问道。

安土犹豫了一下，回答道："撞到头了。"

"在哪里撞的？"

"在第一教学楼的屋顶上。"

"是摔倒了吗？"

"是的。"安土不自然地点了点头。他环视了一下在场的学生。

"今天的毕业典礼取消了，你们先回家吧。如果有关于毕业典礼的新消息，我会再跟你们联系的。有些同学马上就要参加国家公立大学的后期日程考试[1]了吧，现在可不能浪费时间啊！"

学生们不情愿地站起身，走出了教室。

---

1 指日本国立和公立大学面向个人入学考试的一种，是所报大学当年度最后一次考试机会。

"总觉得哪里怪怪的。"小野泽站在鞋柜前说道。

"安土那家伙一定有所隐瞒。又不是老年人,你听说过高中生摔倒撞到头会撞死的吗?"

"我也觉得奇怪。不过,如果不是摔倒撞到头,藤川为什么会死呢?"

"被害的。"

"没有人想加害藤川吧?"隔壁八班的桂木也来到鞋柜边插嘴道。

"是啊。"小野泽点了点头。

"如果说这个世界上存在不被任何人怨恨的人,那就是藤川。"慎吾想起了昨天来学校参加毕业典礼的联合彩排,和小野泽、桂木一起去久违的美术室时,看到由里子和其他一、二年级的学生在一起画画的情景。

"友永前辈,好久不见。恭喜你考上洛修馆大学。"由里子脸上浮现出平静的笑容。

"谢谢。"

"要去京都了,真好啊!"

"嗯。京都也好,哪里也好,总之,只要不待在父母身边就好。我爸曾非常反对,说东京有那么多的大学,为什么偏偏要去外地,还要多花租房子的钱。于是,我对我妈说,如果我在京都上大学的话,他们去京都旅行的时候就可以住在我的住处了,还可以省下住酒店的费用。我妈非常喜欢旅行,于是她兴致勃勃地说服了我爸。因为在我家可是我妈说了算。"

慎吾使坏似的说着，由里子哧哧地笑了。

"友永前辈动了些歪脑筋呢。"

他们东拉西扯地聊了一会儿，由里子还让慎吾看了她最近画的画。

由里子的画以风景画居多，画如其人，她的画氤氲着一种平和沉稳的气息，完全反映了她本人的性格。她的画技比上次进步了很多，慎吾很佩服。看得出来，她一直在孜孜不倦地努力着。

因为再过几天就是东北大学的后期日程考试了，所以桂木只来露了一下脸就回去了。慎吾和小野泽一起看了其他后辈的画，又给他们做了指导，5点之后离开了美术室。

"毕业了也请常来美术部玩，我很期待京都的特产呢。"

由里子这样说着送走了他。

简直无法相信。到底是谁想害她呢？

*

两天后的3月3日，由里子的家里举行了守夜仪式。因为守夜一般只有亲属参加，所以她的同学都没有来。

第二天，也就是4日，下午2点在殡仪馆举行了葬礼。慎吾、小野泽和桂木三人与美术部的后辈一起参加了葬礼。由里子温柔体贴、待人和善，同学不论男女都很喜欢她。有一百多名学生参加了她的葬礼。

由里子的父母在西原经营着一家面包店，他们非常疼爱唯一的女儿。两人眼睛哭得通红，憔悴的模样着实让人心疼。

当时，由里子是被人杀害的消息已经成为公开的秘密。据说是在第一教学楼屋顶上被人撞飞伤了头部……这样的传言在家长和学生之间低声游走。在她去世的三天后才进行守夜，也进一步印证了这一点。守夜晚了，只能认为是因为被司法解剖了。

然而，就在第二天，事态却朝着意想不到的方向发展。两名刑警来到慎吾家。

"你可能已经知道了，藤川由里子有可能死于他杀。她可能是在第一教学楼屋顶上被推倒，头撞到混凝土花坛上才死亡的。死亡时间是在下午5点到6点之间。"

果然是被杀害的，慎吾心想。警察来到自己家，可能是想要追查由里子被杀的缘由。

"事发当天，因为毕业典礼要进行联合彩排，所以三年级的学生都到校了。我想问一下，你在那之后做了什么？彩排结束后马上就回家了吗？"

"你为什么问我这个问题？你是在怀疑我对藤川做了什么吗？"

慎吾反问道。

"我们并不是怀疑……实际上，藤川被害之前，她和什么人说过话。在第一教学楼四楼教室里打蜡的工作人员听到了他们的对话，当时应该是在下午5点20分以后。根据工作人员提供的证词，藤川对对方说：'前辈，马上就要分别了呢。'二年级的藤川称对方为前辈，说明对方是三年级学生。而且，和高年级学生亲近到叫前辈的程度，应该也是参加社团活动的学生。"

"所以，你们怀疑是美术部三年级的学生？"

"是这样的。"

"就算叫前辈，也不一定就是参加社团的高年级学生吧？除了参加社团活动的同学，也有可能和其他三年级学生关系很近。"

"确实，比如说学生会之类。但是，你应该也知道，藤川不仅没有加入学生会，连委员会都没有加入。根据她朋友的反馈，她既没有上过补习班，也没有上过其他兴趣班。所以，除了美术部的高年级学生，我们也想不到其他嫌疑人了。"

慎吾沉默了。他不得不承认刑警的话是正确的。

"那个打蜡的工作人员会不会是凶手？很可能，他在打蜡的教室里杀了藤川，不知该如何是好，就把尸体搬到楼顶。为了捏造出一个凶手，就撒谎说听到藤川跟什么人说过话。"

"请不要小看我们警察！我们当然对打蜡的工作人员进行了彻底调查。毕竟到目前为止，他是在推断死亡时间内离藤川最近的人。我们的调查结果是，他是清白的。那个工作人员既没有杀害藤川的动机，也没有撒谎说他听到了藤川跟别人谈话内容的必要。如果查出并不存在那样的谈话对象，那么撒谎的工作人员就会成为重要嫌疑人。而且，藤川的死亡现场肯定是在屋顶上。藤川的后脑勺撞到了屋顶的混凝土花坛角。花坛角上有血迹，而且藤川的伤口形状和花坛角完全吻合。再说，工作人员是负责给地板打蜡的，没有必要去屋顶。"

"你们说工作人员没有杀害藤川的动机，真的是这样吗？虽然我也不愿这么想，但是如果是在傍晚几乎没有人的高中里看到一个女生，有人想恶作剧也不奇怪。"

"我们也考虑过这种可能。但是，当时有四个工作人员，一个或两个人还有可能，四个人同时想搞恶作剧，这是不可能的。而且，他们都是口碑很好的工作人员，从来没有被投诉过。"

刑警盯着慎吾。

"现在你能告诉我了吧？事件发生当天，毕业典礼的彩排结束后，你都干了什么？"

"彩排结束后，我去小卖部买了面包当午饭，然后去了美术部。"

"社团活动是在美术室进行的吧？"

"是的。我和美术部的后辈聊了一会儿天，指导了他们的画，离开美术室应该是下午5点之后。"

"美术部除了你还有两个三年级学生，是小野泽洋和桂木宏平，对吗？你离开美术室的时候，他俩在干什么？"

"桂木因为要参加不久后的东北大学后期日程考试，所以彩排之后，在美术室转了一圈就回去了。我和小野泽5点多一起离开了美术室。我们在正门分开了，因为回家的方向不一样。"

"你后来又干了什么？"

"我从西原四丁目站乘都电[1]，在东池袋四丁目站下车，在池袋的书店待了一个小时左右，然后再乘都电回到位于学习院下站的家里。我记得到家时在6点30分左右。"

---

[1] 东京都电车的简称，东京内的一种轨道交通工具。

"还有一个问题,你知道藤川喜欢的人是谁吗?"

"藤川喜欢的人?什么意思?"

"负责打蜡的工作人员还听到了藤川的另一句话:'我喜欢前辈。我想跟前辈一直在一起。可以吗?'藤川向在屋顶上见面的人表露自己喜欢对方。也就是说,藤川被自己喜欢的人杀害了。"

"我不知道藤川喜欢的人是谁。"

"你经常和藤川聊天吧?"

"是啊。因为我们是前后辈关系。不过,我们从没聊过喜欢谁之类的话题。"

"藤川喜欢的人不是你吗?"

听到刑警说出这么离谱的话,慎吾不禁苦笑了一下。

"我?不可能。藤川从来没有向我表白过。"

*

刑警走后,慎吾给小野泽和桂木打了电话,得知刑警也去找过他们。于是三人决定在西原高中附近的咖啡馆碰面。

"刑警说,藤川在第一教学楼屋顶上遇到了'前辈',还向他表白了。他们应该怀疑那个'前辈'就在我们三人之中。他们问我毕业典礼前一天彩排结束后都干了什么。"

慎吾说完,朋友们都点了点头:"我们也是。"慎吾在藤川由里子死的时候,在池袋的大型书店,所以没有确实的不在场证明。小野泽那时已经回家,不过父母都还没下班,所以也没有不

黄昏的屋顶上 015

在场证明。桂木在家复习准备后期日程考试,但能证明这一点的只有自己的母亲。警方也可能会将亲人的证词视为伪证。总之,三个人都是值得怀疑的对象。

"首先,我想先确认一下,如果藤川在屋顶上遇到的'前辈'就在我们之中的话,就老实说出来吧。"

慎吾对小野泽和桂木说。

"不是我。"桂木轻淡地回答。

"也不是我。"小野泽生气地回答,瞪着慎吾。

"那你自己呢?"

"当然不是我。"

桂木和小野泽看起来都不像在说谎。但是,他们才刚刚十八岁,还不具备看穿对方是否说谎的能力。

"那么,你知道藤川喜欢的人是谁吗?"

"我不知道。我和藤川没有聊过这方面的话题。"桂木回答说。

"小野泽,你呢?知道吗?"

听慎吾这么说,小野泽犹豫了一下说道:"友永,我想藤川应该喜欢你。"

"你说什么?这怎么可能?"

"藤川经常盯着你看。在美术室大家一起画画的时候,藤川经常很认真地看着你画画的样子。虽然这么说不太好,但是你画得并不是特别出色。她之所以认真地看着你画画,是因为她感兴趣的是你,而不是你的画。不是吗?"

慎吾一脸茫然。这种事自己一点儿都没注意到。

"友永，我也问你一个问题。藤川在屋顶上告白的'前辈'是不是你？你老实回答我。"小野泽追问道。

"我刚才不是说了吗？你是说我在说谎？"慎吾反唇相讥。

"可是，藤川既然叫了'前辈'，那么对方应该就是我们三个人中的某一个。在这三个人当中，藤川关注的一直只有你。"

"开什么玩笑，你跟警察也说过同样的话吗？"

慎吾瞪了小野泽一眼，小野泽也回瞪了他一眼："我没说。"

桂木用冷静的声音说："你们两个都冷静点儿，现在不是互相掐架的时候。我相信友永，他不是会说谎的家伙。小野泽，你也认为友永没说谎吧？"

"是啊。"小野泽小声回答。

"那么，藤川搭话的'前辈'是除我们之外的人。能称之为'前辈'的人多得是。警察也不是吃白饭的，一定会找到那个'前辈'的。我们不必担心。"

听到他平静的声音，慎吾的心情平静了下来。

"刚才真是不好意思啊！"小野泽说。

"别放在心上。"慎吾回答。

但最终警方还是没能查出"前辈"是谁。慎吾、小野泽和桂木一直是被怀疑的对象。各类新闻节目也饶有兴致地提起由里子的死，有的节目甚至打出"可疑的前辈"之类的标题。毕业典礼推迟了十天才举行，当时有好多记者聚在校门口附近，争相蹭新闻热度。

黄昏的屋顶上

随着慎吾考入京都的洛修馆大学,小野泽考上福冈的西海学院大学,桂木考进东北大学,三个人陆续离开了东京。也正因此,一个月后,新闻节目也就不再报道这个案子了。偶尔会有刑警来宿舍拜访,但次数越来越少,大学毕业时就再也不来了。

由里子的死被世人遗忘了。但是,慎吾他们三人却并没有忘记。

*

"我一直很喜欢藤川。"

小野泽有点儿晕乎乎地说。他喝酒的速度很快,刚才还在开玩笑,现在却变得有些忧虑。可能是为儿子的大学入学考试而烦恼。或者,作为中学的美术教师也有各种各样的烦恼吧。

桂木笑了。

"我猜就是这样。你说藤川在美术室经常目不转睛地看着友永画画。要是你专心地画画,应该不会留意到这一点。所以小野泽肯定经常目不转睛地看着藤川。"

小野泽不好意思地点点头。

"我经常和友永拌嘴,可能也是因为我羡慕友永吧。"

"藤川经常目不转睛地看着我,这是真的吗?我怎么也不敢相信。"慎吾歪着头说。

"你这么一说,我也不敢确定了……"

"小野泽,你很爱你的妻子吗?我都开始担心你了。"

桂木开玩笑地说。慎吾想，二十三年来这家伙也变了。记得在高中的时候，他可是个死板的家伙。

慎吾端起清酒杯放到炉子上。

二十三年前的那一天，在黄昏的屋顶上，由里子呼唤的"前辈"是谁呢？由里子喜欢的人是谁呢？

微醺的意识中，慎吾的脑海里突然浮现出一个奇怪的想法。

其实，就像二十三年前小野泽在咖啡店说的那样，由里子在屋顶上喊的"前辈"应该就是我吧？由里子是不是说过喜欢我？但我却因为某种原因让由里子死了，难道是因为由里子的死对我打击太大，所以忘记了屋顶上发生的事？

我真傻，慎吾心想。我不可能因为受到打击就忘记了发生的事。我还清楚地记得那天在书店里看的什么书，那不可能是虚幻的记忆。如果真是我把由里子害死在屋顶上，我是不可能忘记的。

*

回到横滨市青叶区的公寓时已经快晚上12点了。

用钥匙打开玄关的门，妻子奈津美从客厅走了出来。她好像已经洗过澡，换上睡衣了。虽然卸了妆，但看起来很年轻，不像三十九岁。

"你回来了。"

"抱歉，我回来晚了。"

"要不要来杯茶？"

"啊，麻烦了。"

慎吾脱下西装递给奈津美，坐到客厅的沙发上。奈津美把泡好的绿茶放在玻璃桌上。

"辛苦了，小野泽先生和桂木先生都还好吗？"

奈津美也参加了西原高中的美术部，比慎吾他们小两届，所以她也知道小野泽和桂木。

"他们都挺好的。小野泽说他儿子明年要考大学了。他一直在叹息，因为他儿子一点儿也不知道学习。我记得以前小野泽的父母也曾为同样的事情烦恼。桂木越来越有官僚的派头了。"

奈津美咻咻地笑了，然后一脸严肃地说："那个，今晚不到7点的时候，有个奇怪的电话找你。"

"奇怪的电话？"

"是警视厅的犯罪资料馆打来的，说想问你二十三年前在都立西原高中发生的女高中生被害案的一些情况。"

二十三年前的案件……慎吾瞬间酒醒了。今天晚上和小野泽、桂木见面的时候聊到了这个话题，冥冥之中似乎也有某种因缘吧。

"嗯，是说藤川的案子吧？"

"是的。"

奈津美在美术部比慎吾小两届，所以知道藤川由里子的事情。但是，她在4月刚刚升入高中二年级时，因为父亲要到加拿大工作，就随父亲到加拿大读书直到毕业。所以，她不知道慎吾、小野泽和桂木曾遭受多少怀疑的目光。慎吾几乎没有和奈津美聊过这个话题，他在潜意识里总是避开这个话题。

"他问我你大约什么时候回来，我说你今天会回来很晚。他又问下周一晚上7点如何，我说那时候你应该回家了。我这样答复可以吧？"

"没问题。"

事到如今，警察到底想问什么？自己已经跟警察说了无数遍了，再也没有什么可说的了。虽然没有听说过犯罪资料馆之类的部门，但他们到底想知道些什么呢？

3

寺田聪的每一天就像盖好的图章一样周而复始地重复着。

早上8点50分，他去位于三鹰市的警视厅附属犯罪资料馆上班。和门卫大冢庆次郎打招呼后，他打了卡。

寺田聪把公文包放在助手室，然后去盥洗室洗手。在那里，他遇到了清洁工中川贵美子。她五十多岁，烫着头发。简单寒暄了几句后，贵美子想用戴着橡胶手套的手递给寺田聪一颗糖，寺田聪婉言谢绝了。

随后，他来到馆长室，向馆长绯色冴子警视[1]打招呼，不出意料地再次被无视了。并不是馆长对寺田聪有意见，而是绯色冴子对谁都很冷淡，几乎不打招呼。简而言之，就是缺乏沟通能力。

接下来的一段时间，他像往常一样待在助手室，不停地把刑

---

1 警视是日本警察的警衔。日本警察阶级从低到高依次为：巡查—巡查长—巡查部长—警部补—警部—警视—警视正—警视长—警视监—警视总监。

事案件证物和遗留物装到塑料袋里，再贴上二维码标签。午休的时候，他要么去附近的廉价日料店，要么去便利店买便当吃。之后一到5点30分就准时下班，从不加班。

原搜查一课的寺田聪因犯错被扔到这个犯罪资料馆已经一年了。这里与搜查一课的工作简直无法同日而语，以前只要一有案件就会没日没夜地工作，现在倒是落得清净。

犯罪资料馆保管着战后警视厅管辖范围内发生的所有刑事案件的遗留品、证物、搜查文件，用于调查、研究以及搜查员的培训，以便为以后的案件侦查提供帮助。赤色博物馆设立于1956年，其名字效仿伦敦警察局犯罪博物馆——俗称"黑色博物馆"。因为是红砖建筑，所以人称"赤色博物馆"。

不过，与世界上享有盛誉的黑色博物馆不同的是，赤色博物馆虽然最初的定位是开展"调查、研究、培训"工作，但现在实际上已经沦为一个物证仓库。说白了，这里的工作就是份闲差。

警视厅设有被称为CCRS的数据库。所谓CCRS，就是Criminal Case Retrieval System——刑事案件检索系统的缩写，登记了战后警视厅管辖范围内发生的所有刑事案件。九年前就任馆长的绯色冴子主导创建了以CCRS为基础的证物管理系统。在保管的遗留物和证物上贴上二维码标签，用扫描仪轻轻一扫，基本信息就会显示在电脑上。寺田聪被分配的工作就是在遗留物和证物上贴上二维码，与馆长制作的信息数据相关联。

现在，他正在贴二维码的证物属于二十三年前即1991年2月，发生在北区都立西原高中的女高中生被害案。

发现尸体的时间是2月28日，星期四晚上7点之后，是工作人员在锁第一教学楼屋顶的门时发现的。

屋顶是开放的，学生可以自由出入。天台设有长椅和混凝土花坛，尸体就倒在一个花坛旁边。

死者是二年级一班的女生藤川由里子（十七岁）。死因是后脑勺被花坛一角重击造成的脑挫伤。推定的死亡时间是下午5点到6点之间。

该案件发生在泷野川警署辖区内，当时该警署对案件从意外死亡和他杀两个方向进行了调查，但意外死亡的可能性很快就被否定了。地面很干，也没有障碍物，不可能是滑倒或绊倒的。而且，即使是意外摔倒，对于十七岁的年轻人来说，应该会本能地用双手从背后支撑。但是，由里子的手掌上没有任何地面上的沙子、小石子或垃圾之类的附着物，手心干干净净的。手没有往后撑的动作，应该是突然倒下，来不及做出反应的缘故。由此可以推断，她是被人推了出去，或者是头部被对方抱着摔在花坛上。因此，他杀或者伤害致死的可能性很大。

那天下午，由里子在第一教学楼二楼的美术室参加了美术部的社团活动。据目击者反映，最后一次看到她是在下午5点10分左右。社团活动结束后，大家都回去了，她说："我想去屋顶画一幅黄昏的素描。"说完便走上楼梯。在那之后，就再也没有人看到过她。

虽然没有找到目击证人，但是找到了她跟别人对话的证词。这天傍晚，在四楼的三年级教室里，工作人员在给地板打蜡。因为三年级的学生马上就要毕业了，不再使用教室，所以要对教室地板进行打蜡维护。负责此工作的有四个人，其中两个人负责移动桌椅，一个人负责用抛光机清洗地板，另一个人负责打蜡。

工作进行得很顺利，很快就清理到三年级五班的教室。桌子和椅子搬出来后，负责清洗的工作人员为了消散洗涤剂的气味，打开了窗户，站在窗边的角落准备开始清洗。就在这时，从屋顶隐约传来少女的声音。

"前辈，马上就要分别了呢。"

女学生好像在和高年级学生说话。但是，因为这时工作人员打开了抛光机，嗡嗡声完全掩盖了其他声音，所以他没能听到"前辈"的回答。

工作人员把抛光机推到窗边另一个角落，突然有了便意，就关掉了开关。2月末的傍晚还是冷飕飕的，加上为了消散洗涤剂的气味而打开了窗户，冷空气吹进来感觉更冷了。工作人员就在这样的环境中工作了很长时间。

"我喜欢前辈。我想跟前辈一直在一起。可以吗？"

关掉开关后，少女的声音又从屋顶上隐隐传来。这是在向高年级学生表白。工作人员虽然很好奇那个"前辈"会怎么回答，但是他实在憋不住了，就匆匆去了厕所。他大约十分钟后回来，这时已经听不到任何说话声了。

三年级五班的教室正好就在由里子死亡的屋顶的正下方。让由里子丧命的混凝土花坛旁有一张长椅，由里子应该曾在那里坐过，所以，她的声音才会传到正下方的工作人员那里。工作人员回来时，已经什么声音都听不见了，也就是说，那时由里子已经遇害了。

得到这些证词之后，泷野川警署的搜查员兴奋起来。因为由里子不是戏剧部的成员，所以她不可能是一个人在练习台词。当时屋顶上除了由里子，肯定还有另外一个人。被由里子称为"前辈"的那个人很可能就是凶手。

搜查员又讯问了其他三名工作人员，但他们什么都没听到。当时负责移动桌子和椅子的两个人，以及负责打蜡的人在其他教室里。而且，负责移动桌椅的两个人没有打开窗户，所以将桌椅搬去走廊时，教室窗户是关着的，没有听到屋顶上的声音。负责打蜡的人为了让蜡快点儿干，打开了教室的窗户，但屋顶上传来声音的时候他正在走廊那一侧的地板上打蜡，也没有听到屋顶上的声音。

结果，听到声音的只有在三年级五班教室进行抛光清洁的工作人员。而且他也没有听到"前辈"说话的声音。

那么，"前辈"到底是谁呢？

二年级的由里子称之为"前辈"，而且她说"马上就要分别了呢"，从这一点来推断，"前辈"应该是三年级的学生。而且，两人的关系已经亲密到可以称呼为"前辈"的程度，应该是一起参加社团活动的三年级学生。

美术部有三个三年级学生，分别是友永慎吾、小野泽洋、桂木宏平。友永和小野泽是三年级七班的，桂木是三年级八班的。

那天，为了迎接第二天的毕业典礼，一、二年级和三年级的学生进行了联合彩排。结束排练后，美术部的三年级学生都来过美术室。三人中，桂木很快就回家了，友永和小野泽也在下午5点过后走了。

5点10分左右，包括由里子在内的四名二年级学生和两名一年级学生也离开了美术室并锁了门，只有由里子一人上了屋顶。那是她最后一次被人看到。

搜查员怀疑美术部的三年级学生中有人偷偷溜回了学校，在屋顶上遇到了由里子。很有可能是在美术室的时候就和由里子约好，之后在屋顶上密会。

友永和小野泽一起离开了美术室，但因为回去的方向不同，在学校正门就分开了。友永从西原四丁目站乘坐都电，在东池袋四丁目站下车，在附近的大型书店待了一个小时左右，然后再乘都电，于下午6点半左右回到了学习院下站附近的家里。小野泽骑自行车上学，5点30分回到位于上中里的家。

友永说他在书店待了一个小时，但实际上可能回学校了。因为是大型书店，所以书店店员不记得友永。另外，小野泽的父母都是职工，他回家的时候父母都不在家，所以没有人能证明他真的是5点30分到家的。

桂木在下午1点前徒步回到泷野川的家，之后一直在准备考试。虽然母亲在家给他做了不在场证明，但亲人的证词也不能百分之百相信。

友永、小野泽、桂木都否认自己是那个"前辈"，也没有证据或证言能证明三人之中谁是那个"前辈"。

黄昏的屋顶上　027

搜查员考虑到这个"前辈"也有可能是由里子初中时社团的"前辈",因此也追查了她的初中时代。由里子初中时参加过乒乓球部。搜查员调查了比由里子高一个年级的学生,看有没有当时在西原高中读三年级的学生,结果一个都没有。

从这个"前辈"从未抛头露面来看,"前辈"是凶手的可能性非常大。"前辈"是不是和由里子之间发生了争执,一时冲动将她杀害了呢?

那么,他们之间究竟发生了怎样的争执呢?由里子对"前辈"说:"我喜欢前辈。我想跟前辈一直在一起。"那可是爱的表白。明明受到了这样的表白,"前辈"又为何要害死由里子呢?

警方能想到的一种可能就是,"前辈"喜欢上了别的女孩,把这件事告诉由里子时,双方发生了争执。

因为无法锁定"前辈"是谁,搜查员将调查范围扩大到了整个三年级。除了美术部成员,还调查了由里子可能会称之为"前辈"的关系亲密的学生。但是,终究还是没有找到符合条件的学生。三年级学生毕业后,因升学或就业离开东京的人很多,这更是增加了调查的难度。

就这样,案件陷入了泥潭。

在2004年的日本《刑事诉讼法》修订中,杀人罪的诉讼时效由十五年延长到二十五年,并且在2010年的《刑事诉讼法》修订中,杀人罪的诉讼时效被废止。但是,2004年的《刑事诉讼法》修订表示,诉讼时效的延长不适用于以往案件的追溯,修订之前发生的案件诉讼时效仍为十五年。因此，该案也在案发十五年后的2006年2月28日午夜0时到了诉讼时效期限。

*

由于该案的证物只有被害者所穿的校服等少量物品，所以贴二维码标签的工作很快就结束了。

寺田聪想泡杯咖啡就去了开水间，在那里碰见了正在打扫卫生的中川贵美子。

"你还记得1991年2月，都立西原高中二年级女生在楼顶遇害的事件吗？"

寺田聪突然冒出这个念头，想问问中川贵美子。她对这种引起社会轰动的事件拥有超群的记忆力。

中川贵美子抬起头想了想说："想起来了。"

"被害人的前辈就是凶手。当时各大电台都争相报道。'前辈，马上就要分别了呢。'有人听到了她表白的声音。那个被害人加入了学校美术部的社团，美术部里总共有三个前辈，凶手好像就在他们之中。因为当时三个人都还未成年，所以电台没有报道他们的名字。"

如果是现在的话，他们的名字肯定会在网络上被"人肉搜索"的。

"话说回来，春天、前辈毕业、离别，简直跟《明明是春天》中唱的一模一样。"她假装拿着麦克风，用假声唱起来，

"只有毕业——是理由吗——"吓得寺田聪连咖啡都没泡就急匆匆地逃离了现场。

回到助手室,雪女站在那里。

不,不是雪女。是馆长绯色冴子警视。

她身材苗条,皮肤白皙得不输白大褂,靓丽的黑发及肩。年龄不详,洋娃娃般冷峻端正的脸上嵌着长长的睫毛,下面是一对双眼皮大眼睛。如果现实中存在雪女的话,应该就是这副模样吧。顺便一提,穿白大褂是为了防止证物和遗留物被衣服上的微小物质污染,寺田聪也穿着同样的白大褂。

绯色冴子是通过日本公务员Ⅰ类考试(2012年起改为综合职位考试)进入警视厅的,她就是所谓的精英派。但是,她却担任了犯罪资料馆的馆长这么一个闲职,还一当就是九年,完全脱离了精英阶层。她的头脑没有什么问题,所以这一系列的境遇很明显是欠缺沟通能力所致。

"你刚才贴的二维码,是都立西原高中的女高中生被害案的证物吧?"绯色冴子低声问道。

"是的。"

"看过搜查文件了吗?"

"只是粗略地看了一下。"

"那就好,重新调查这个案子。"

绯色冴子充满底气,淡淡地说,简直就像机器一样。

重启搜查——这已经是绯色冴子第六次这么宣布了。从寺田聪调到犯罪资料馆至今,她已经解决了五起悬而未决或是因嫌疑人死亡而结案的案件。

这一年来，寺田聪明白了一点，那就是绯色冴子把犯罪资料馆当成了揭露真相的最后堡垒。重新研究证物、遗留物、搜查文件，发现可疑之处再重启搜查。建立使用二维码的管理系统，也是为了便于重新调查。

但是，缺乏交流能力的她不适合做讯问工作，所以重新调查需要助手。迄今为止，绯色冴子已经吓跑了好几个助手，而这次她设法把被搜查一课开除的寺田聪调到了犯罪资料馆，想必也是看中了寺田聪作为原搜查一课搜查员的调查能力。在之前的五起案件中，都是寺田聪负责讯问的。

"知道了。首先从哪里着手比较好呢？"

"去西原高中调查一下案发当时有没有符合某个条件的学生。"

然后，绯色冴子说出了那个条件。

"满足这个条件的学生是什么？"

"符合这个条件的学生就是凶手。"雪女面无表情地回答。

*

都立西原高中位于独栋建筑和公寓交错的住宅区里，附近有都电荒川线。

寺田聪站在学校正门旁边的门卫室前，告诉门卫他是警视厅附属犯罪资料馆的，约好了下午3点前来拜访。门卫给了寺田聪一个外来人员拜访专用名牌，然后告诉他校长室在第一教学楼一楼的东头。

校舍前宽阔的操场上，男学生正在踢足球。高中毕业以来，寺田聪已经有十三年没进高中了。他觉得自己好像老了很多。

校长是一个五十多岁、戴眼镜的男人。他招呼寺田聪坐到会客沙发上，两人面对面坐了下来。

"犯罪资料馆是干什么的？"

校长草草地打了个招呼，匆忙问道。

"保管刑事案件的证物、遗留物、搜查文件，用于研究和培训搜查员的部门。我们在整理搜查资料时，发现有些记载遗漏了，此次冒昧拜访也是为了补全那部分资料。"

"不会因为这起案件又把我们学校推到风口浪尖吧？"

"不会的，我们只是在进行警方内部事实确认。"

校长明显露出松了一口气的表情。

"那真是太好了。那次事件发生后的一段时间里，学校被各种专题节目肆无忌惮地报道，学生和家长都十分惶恐。也因为这个，学生的成绩下降了，意向报考我们学校的人数也减少了。我们费了非常大的心力才重振学校。事件发生时，我是二年级的班主任，第二年当了三年级的班主任，学生们真的受到了不小的打击。"

寺田聪按照绯色冴子的指示，拿到了1990年和1991年的学生名单。因为不能把原件带出校外，所以他复印了一份拿走了。寺田聪离开学校后，就走进附近的咖啡店，调查案发时学生中有没有符合绯色冴子所说条件的人。

单调的比对工作持续了两个多小时后，他终于发现了一名满足条件的学生。

这名学生就是凶手。为什么说这名学生就是凶手呢？寺田聪想不明白。

他回到西原高中时，时间已经过了下午5点20分，结束社团活动的学生欢声笑语、三三两两地走出校门。寺田聪和他们擦肩而过，然后走进校门。他看到了沐浴在夕阳下的校舍。二十三年前的2月28日，也就是这个时候，藤川由里子在校舍的屋顶上丧命。在嬉笑喧哗的学生中，一瞬间，他仿佛看到了她的幻影。

当再次见到校长时，他问道："您有毕业生的住址吗？"

"我想你或许知道，我们高中的同学会很活跃，很多毕业生都参加同学会。因为要寄同学会杂志，所以我有他们现在的住址。"

"那么，请告诉我这个人现在的住址。"

寺田聪拿出复印件，指着唯一一个符合条件的学生的名字。

4

寺田聪握着犯罪资料馆那辆旧面包车的方向盘，绯色冴子坐在副驾驶座上，凝视着窗外的夜色。

两人正驾车前往位于横滨市青叶区的友永慎吾家。

这次绯色冴子能离开犯罪资料馆是特例。之前，寺田聪进行五起案件再调查时，绯色冴子一步也没有离开过馆长室。为什么偏偏这次她要离开犯罪资料馆呢？寺田聪百思不得其解。

寺田聪从西原高中回来后，向她报告了调查结果。雪女说有必要问友永慎吾一个问题。听到这个问题，寺田聪有点儿摸不着头脑，这个时候问这个问题有什么意义？但是，她像往常一样没有多说。

寺田聪打电话到友永慎吾家，是他妻子接的电话，她说丈夫今天会晚点儿回家，于是约好下周一晚上7点在她家见面。

绯色冴子在犯罪资料馆总是穿着白大褂，今天却穿了灰色夹克和紧身裙。她总是比寺田聪先上班，又总比他晚下班，所以这是他第一次看到她穿白大褂以外的衣服。

寺田聪突然意识到绯色冴子和藤川由里子应该是同龄人。单从绯色冴子的外貌看不出她的年龄，大概四十岁。往前推二十三年，她应该是十七岁。也就是说，她可能和由里子是同级生。但是，她可不像由里子那样是个讨人喜欢的少女。虽然她头脑聪明，老师会对她另眼相看，容貌也会吸引同学的关注，但她的沟通能力不足，估计一个朋友都没有。寺田聪的脑海里不自主地浮现出她的身影——一个课间休息时也坐在自己的座位上、不与任何人交谈、全程面无表情地看书的少女。

友永家住在青叶区蓟野一栋名为"蓟野德米尔"的公寓的503号房间。寺田聪把面包车停在公寓前面，按响503号房间的门铃后，一个四十多岁的高个子男人打开了门。

"这么晚来拜访，真是打扰了，我是之前打过电话的警视厅附属犯罪资料馆的人。"

寺田聪微微颔首。而绯色冴子，她只是敷衍地低下头，一言不发。

"我是友永慎吾，请进。"男人说道。虽然他面容温和，但似乎有些紧张。

一进玄关就来到了一间和室。寺田聪和绯色冴子与友永慎吾隔着矮桌，相对而坐。寺田聪拿出名片放在了桌子上。

"我叫寺田聪，这位是馆长绯色冴子。"

即便被这样介绍，绯色冴子也不拿出名片，只是默默地盯着友永。友永疑惑地看着她。拜托了,请表现得像个普通人啊。寺田聪不由得在心里咒骂起雪女来。

隔扇打开,一个女人端着茶壶和茶杯走了进来。"这是我的妻子。"友永介绍道。她身材苗条,身上还留有少女的可爱。她把茶壶和茶杯放在矮桌上,默默地微微低下头,担心地看了丈夫一眼后走了出去。寺田聪觉得她长得很像一个人,但又想不起来像谁。

"那么,你们想问我什么呢?"友永询问道。

寺田聪说:"藤川由里子对你有好感吗?"

"对我有没有好感?"友永嘟囔着,狠狠瞪了寺田聪一眼。

"你是想说我是凶手吗?藤川在屋顶上表白喜欢的'前辈'就是我?"

"不,不是的。我知道你不是凶手。"

"那你为什么要问这个?"

是绯色冴子让问的,但寺田聪无法这么回答。

"只有藤川由里子对你有好感,才能符合逻辑。"

雪女低声说。这是她来到友永家后第一次开口说话。

"符合逻辑?符合什么逻辑?"友永惊讶地问。

"请回答问题。我可以问你美术部的朋友,不过我不想给你找麻烦。"

寺田聪被绯色冴子粗鲁的语气吓了一跳。友永好像很生气,但也许觉得对这样奇怪的女人生气没用,于是只好开口。

"我不知道她是否真的对我抱有好感,但据美术部的朋友说,在美术室画画的时候,藤川经常认真地看我画画的样子。说白了，我的画并不是那么好，所以朋友认为藤川不是对我的画感兴趣，而是对我感兴趣。如果你们指的是这件事，可以说藤川对我抱有好感。"

"谢谢。这样谜团就解开了。"

"谜团解开了，真的吗？"

"首先我想说的是，案件的大前提是错误的。"绯色冴子面无表情地说。

"大前提错了？怎么回事？"

"二年级的藤川由里子和即将毕业的三年级'前辈'见面，这是事件的大前提。但是，真的是这样吗？负责打蜡的工作人员并不认识藤川由里子，所以不知道自己听到的声音是不是真的是她的。巧合的是，他听到了屋顶上少女的声音，而且在屋顶上发现了藤川由里子的尸体，所以他认为那声音就是藤川的。"

"……确实是这样。"

"因为少女的声音被断定是由里子的，所以警方在三年级的学生中寻找'前辈'。但是，尽管警方进行了仔细的调查，始终没有确定'前辈'是谁。那么，应该对'少女的声音是由里子的'这一判断打个问号。"

"你说的是？"

"工作人员听到的不是由里子的声音，而是另一个少女的声音。屋顶上除了由里子还有另一名少女。"

"另一名少女……？即便认为还有另一名少女，也无法知道'前辈'是谁吧？"

黄昏的屋顶上　037

"屋顶上是由里子和另一名少女。另一名少女叫'前辈'。那么，只能认为由里子才是'前辈'。而且，既然她管由里子叫'前辈'，那另一名少女就是一年级学生。"

寺田聪惊得倒吸了一口气。

"不是二年级的由里子叫三年级学生'前辈'，而是一年级的另一名少女叫二年级的由里子'前辈'吗？"

绯色冴子把目光转向寺田聪："没错。"

"但是，少女说'马上就要分别了呢'，这不是毕业时才说的话吗？"

"就算没毕业，也会有分别的时候，那就是转校。转校的时候也会说马上就要分别了。"

"啊，这样啊……"

"那么，是谁转校了呢？孩子之所以转校，一般因为父母工作变化而搬家，但是由里子的父母在老家经营面包店，属于扎根当地的工作，所以排除由里子会因为搬家而转校。这样的话，转校的就是一年级的女学生。"

所以，绯色冴子让寺田聪调查案件发生时一年级女生中有没有不久就转学的学生。寺田聪根据西原高中学生名单复印件，比较了1990年一年级女生和1991年二年级女生的名单，发现1991年的名单中，有一个学生的名字消失了，她就是唯一转校的女学生。

"满足这个条件的学生只有一个，名叫牧野奈津美。由于她父亲工作的关系，那年4月她家搬到了加拿大。她也在美术部，所以叫由里子'前辈'并不奇怪。她现在的名字是友永奈津美。"

友永茫然地看着绯色冴子,好像不知道她说了什么。

"奈津美,你是说我妻子害死了藤川吗?"

"是的。"

友永的脸上浮现出愤怒的神色:"别说傻话了。奈津美不可能做那样的事。我妻子性格温和,不可能做那样的事!"

绯色冴子毫不在意地继续说:"那天下午5点10分左右,美术部的一、二年级学生都离开了美术室,其中也有奈津美。在听到由里子说'我想去屋顶画一幅黄昏的素描'并走向屋顶后,想要跟她独处的奈津美又折了回来,追上了她……"

这时,和室的隔扇那边发出了沙沙的声音。

寺田聪站起来,打开了隔扇。

友永奈津美脸色铁青地站在那里。

她迈着摇摇晃晃的步子走进了和室。

"奈津美,你一直在听吗?"友永惊慌失措地说。

奈津美一屁股坐在桌子前。

"奈津美,你没事吧?听到他们说了些荒唐的话,心里一定不舒服吧?你去休息一下吧。"

她摇了摇头。

"不,没关系……"

"这里没事的。你快去休息吧。"

大颗大颗的眼泪从奈津美的眼睛里滴落下来。她看向寺田聪和绯色冴子,挤出一句话:

"是我……是我杀了前辈……藤川由里子……"

＊

"……前辈,马上就要分别了呢。"

奈津美看着沐浴在夕阳下的由里子的侧脸说。她转过脸,用平静的眼神看着奈津美。她的眼神如此沉稳,让人很难相信她只比奈津美高一个年级。

"是啊,快了呢。"

"就算不能再见,也请一定要记得我啊!"

"说'不能再见'太夸张了,放假的时候还是随时都能见面啊。"

"可是,那样的话,一年也只能见一两次了呢。"

"你可以给我打电话,也可以给我写信。我一定会回信的。"

"你能这么说我很开心。"

一股热血涌上奈津美的心头。想到这里,奈津美下定决心说道:"我喜欢前辈。我想跟前辈一直在一起。可以吗?"

终于说出来了。奈津美屏住呼吸抬头看着对方。由里子吃惊地睁大了眼睛,但脸上依然浮现出微笑。太好了,自己没有被讨厌,奈津美鼓起勇气,继续说下去。

"刚进入美术部,我就喜欢上前辈了。"

"我也特别喜欢牧野,是个好后辈,好朋友。"

"不是那样的。我不想仅仅是朋友而已。"

"什么?"

"我希望前辈也只喜欢我一个人,不要和任何人交往,长大后也不要和其他人结婚。"

由里子为难地微笑着。

"我有喜欢的人。虽然还没有告诉那个人,但是如果可以的话,我想和那个人一起生活一辈子。"

"那个人是谁?"

"友永前辈。"

奈津美感觉自己像是坠入了绝望的深渊。

自己马上就要去加拿大,就见不到由里子了。虽然前辈说放假的时候随时都能见面,但是因为要搬到加拿大去,所以不可能随时都能见得到的。自己只有在学校放长假的时候才能回日本。也就是说,一年只能见一两次面。在这段时间里,由里子前辈和友永前辈的关系肯定会不断发展,自己也就没有插足的机会了。

面对不习惯的外国生活,奈津美心中充满了不安。我能跟上用英语上课的节奏吗?能交到朋友吗?只有由里子的存在,才能拴住即将沉入不安之海的奈津美……

"牧野,你没事吧?"

由里子担心地看着低着头的奈津美。

被夕阳染红的前辈的脸非常漂亮。大大的眼睛、高挺的鼻梁、丰盈的嘴唇、柔软的脸颊,还有在晚风中飘扬的光亮的黑发。但是,那不属于我。那是友永前辈的。

一股妒意突然涌上心头,奈津美狠狠地把由里子推了出去。

本来想观察奈津美表情的由里子突然失去平衡,向后倒去,倒下的地方恰巧有混凝土花坛。由里子的头好像撞到了花坛的一角，随后便像被扔到地上的人偶，一动不动了。

奈津美一脸茫然，发出无声的悲鸣，紧紧抱住了由里子的身体。

可由里子的身体始终一动不动。她睁大了眼睛，脸上还带着一丝惊讶的表情。奈津美战战兢兢地把耳朵贴在她的左胸上，回应她的却只有可怕的沉寂。她一遍又一遍地俯下身听，但不管听了多少次，都没有听到心跳的声音。

悔恨和悲伤涌上奈津美的心头。自己到底做了什么？她抱紧由里子的身体，不停地叫着前辈，但她再也无法看到前辈温柔的微笑，听到那温暖的声音。

我该怎么办？要追随前辈而去吗？但是，我要怎么死呢？这里没有可以致死的工具。对了，从屋顶跳下去就能死。但是，我不想摔在地上，以丑陋的姿态死去……

不知过了多久，当她回过神来时，傍晚已经变成了夜晚。《毕业相片》的旋律也早已消失在了夜空。

突然，一阵毛骨悚然的恐怖袭来。这样下去的话，会被来巡视的工作人员发现——我必须逃走！少女摇摇晃晃地站了起来。

*

"我没有追随由里子而去，也没有赎罪，而是逃离了那个地方。我害怕死，害怕被抓……"

那个曾经的少女、现在的女人说。

"自从害死由里子，我的心就冰封了。无论看到什么、听到什么，都感觉不到喜悦、快乐、悲伤或者愤怒。父母认为我可能是因为不习惯外国生活，压力太大，但只有我自己知道并非如此，也许我的心也随着由里子一起死去了。渐渐地，为了让父母安心，我开始假装会哭会笑、会喜会怒，但是，从二十三年前的那一天开始，我一次都没有感觉到情绪的波动……"

友永慎吾呻吟着说："你真的那么喜欢藤川吗？那为什么要和我结婚？"

"之所以和你结婚，是因为我觉得，如果你和别的女人结婚，死去的由里子会很悲伤。为了不让你和别的女人结婚，我才选择了和你结婚。如果你的结婚对象是我，由里子也会原谅我的。希望由里子能借助我的身体和你一起生活……我是这么想的。我对你既不喜欢，也谈不上讨厌。只是因为由里子对你有好感，所以你对我来说也有一定的存在价值。我从加拿大的高中毕业回国后，为了接近你，和你上了同一所大学。我想象着由里子对待你的模样，努力地扮演着由里子，希望由里子能通过我体会到和你一起生活的喜悦。我无时无刻不在想，如果是由里子，她会怎么做……"

寺田聪刚见到奈津美的时候，就觉得她长得很像一个人，现在他终于知道像谁了。奈津美和搜查文件里由里子的照片很像，奈津美在外表上也想模仿由里子。

现在，寺田聪终于明白为什么绯色冴子要让自己问友永"藤川由里子对你有好感吗"这个问题了。绯色冴子在确定奈津美是

黄昏的屋顶上　043

凶手之后，对她为什么要和友永结婚存有疑问。从打蜡工作人员提供的证词来看，奈津美喜欢由里子，那她后来为什么又和友永结婚了呢？如果由里子对友永有好感，那么就可以认为奈津美可能是为了代替自己害死的由里子而和友永结婚的。也就是说，这是奈津美就是凶手的旁证。原来，绯色冴子让寺田聪问的问题还有这层意思。

友永慎吾投来求助的目光。

"我妻子……她会怎样？会被问罪吗？"

寺田聪回答道："因为已经过了诉讼时效，所以不会被问罪。本来，从法律上说，奈津美当时是高中一年级的学生，没有主动杀人的动机，如果当时宣判应该会被移送少管所。只要在少管所进行一段时间的教育改造就可以了。"

友永大叫起来："那么，你们为什么要来？事到如今，为什么要揭露不会被问罪的事情？是没事找事吗？"

寺田聪答不上来。绯色冴子也沉默着。

"我不想听你们说话，也不想知道真相。"

"……不，我觉得你们能把事情说出来真是太好了。"奈津美喃喃地说。

"我无时无刻不生活在痛苦中。我无法替代由里子。我甚至已经不知道自己到底是谁，自己的心情是什么样的。"

绯色冴子站起来，对寺田聪说："我们差不多该告辞了。"寺田聪也慌慌张张地站了起来。

友永慎吾和奈津美都没起身送他们。奈津美虚脱地坐着，慎吾搂着她的肩膀。

寺田聪和绯色冴子走出了503号房间,坐上停在公寓前面的破烂面包车。

只有这次,寺田聪好像明白了绯色冴子离开犯罪资料馆的原因——她是不是发现奈津美想揭露自己的罪行?让奈津美当着大家的面说出真相,不就是想给她一种解脱吗?

然而,坐在副驾驶座上的雪女依然一言不发,侧脸冷淡如旧。

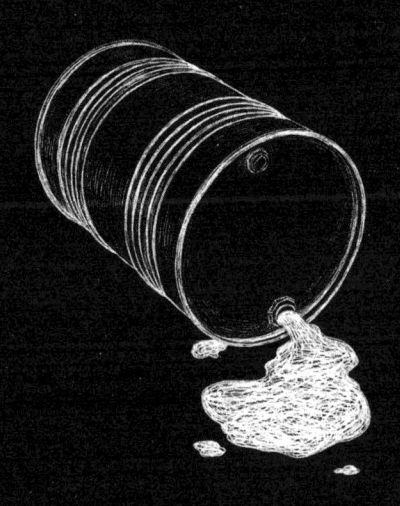

赤焰

1

我停下车,打开车门,下车。

午夜12点过后,住宅区笼罩在黑暗中,散落的路灯发出微弱的光芒。附近没有一个行人。

车子左边有一栋建成二十五年的两层木结构房屋。窗户上的窗帘紧闭,所有房间都关着灯。

取出放在后备厢里的塑料桶。提着它穿过大门,来到房檐下。

打开塑料桶的盖子,把里面的煤油洒在房子周围。洒完一桶,就将它放进后备厢,接着拿出一桶新的。

五个塑料桶都空了后,房子一圈都洒满了煤油。只有玄关附近没有洒,这是特意留下的逃生通道。

洒完之后,我将一根擦着的火柴在空中画了个圈,扔了过去。

着火了,火势瞬间蔓延开来。我跑回车上,找到附近的公用电话,拨打了那户人家的电话。

铃声响了十几次后，只听一个男人刚睡醒般回答："喂？"

我用派对上常用的氦气变声之后，快速说了句："着火了，快逃！"没等对方反应过来就挂断了电话。

不久，在黑暗中，那栋房子所在的方向被染成了红色，火焰已笼罩了整栋房子。但愿那家人都能顺利逃走。如果逃不走，可能会很麻烦。

远处消防车的警笛声划破了夜空的宁静。

那个人会出现吗？

放火，不过是为了找到那个人。

2

寺田聪盖上了放在工作台上的塑料箱的盖子。

箱子里装的是日野市女性白骨尸体案的证物和搜查文件。1990年11月28日，在拆除日野市的一栋房子时，工作人员在地板下发现了一具死于他杀的女性尸体。推定尸体年龄在二十岁到四十岁之间，死亡时间大概已有二十年到三十年。虽然尸体已经几乎白骨化，但从舌骨和甲状软骨折断的情况来看，应该是被勒死的。

尸体身上穿着衬衫和裙子，但没有任何可以证明其身份的东西。那栋房子的户主已经几经更迭，除了最后的住户，其他人早已去向不明。很明显，五年前才开始住在这里的最后一位住户对此一无所知。由于诉讼时效已过，所以警方几乎没有进行调查，此案就成了一件悬案。

寺田聪在犯罪资料馆每天的工作就是给馆内保管的证物和遗

留物贴上二维码标签。馆长建立了用二维码管理保管物的系统，按照案件发生日期的顺序依次在保管物上贴标签。因为犯罪资料馆只有馆长和助手寺田聪两个人，所以工作进展缓慢。现在整理的是二十四年前，也就是发生在1990年11月的案件。

寺田聪抱着已经贴完标签的日野市女性白骨尸体案的证物塑料箱离开助手室前往保管室。馆内从一楼到三楼总共有十四间保管室。他来到三楼的一个保管室，室内虽然温度有点儿低，但是舒适的空气包围着身体。为了让证物保持良好的状态，资料馆花费高额的电费在所有的保管室都安装了昂贵的空调设备，让室内温度一年四季都保持在22摄氏度，湿度在55%。

这个保管室大约有三十平方米，整齐地摆放着好几排不锈钢置物架，上面依次摆放着几十个装有证物的箱子。寺田聪把抱来的塑料箱放到1990年11月对应的置物架上。这样一来，这起案件的贴标签工作就完成了，可以继续整理下一个案件了。寺田聪抱起旁边放着写有"府中、国分寺、国立、立川连环纵火案"的箱子，走出了保管室。

"寺田，早上好。"

走到一楼的时候，他遇到了拿着吸尘器打扫的中川贵美子。

"早上好。"

"今天也很卖力啊！这次是什么案子？"

"1990年发生在府中、国分寺、国立、立川的连环纵火案。"

"啊，那个'蔬菜店阿七'案件啊？"中川贵美子当即说道。对于这种轰动一时的事件，她有着出众的记忆力。

"媒体是这么称呼的。"

"在热恋的火焰中焦灼，犯人为见到思念之人而纵火……我以前也是如此奋不顾身的。"

"中川小姐，你也点火了吗？"

"哎呀……你说什么呢！恋爱之火烧得身体焦灼也是一样的嘛！"

"是吗？"

"我现在也被爱情的火焰烧得焦灼——"

在贵美子说出她是因谁而焦灼之前，寺田聪赶紧退回了助手室。

寺田聪把箱子放在桌上，拿出搜查文件，哗啦哗啦地翻看起来。这是1990年8月至11月发生在府中、国分寺、国立、立川等地的连环纵火案。第一起案件发生的时间是8月，之所以被安排到11月的架子上，是因为按照证物分类规则，对于连续案件需要将证物箱放在最后一次案件发生月份的架子上。

寺田聪拿着搜查文件，敲了敲助手室和馆长室间的门。他知道不会有人回答，便自顾自地打开门走了进去。

绯色冴子警视像往常一样端坐在办公桌前阅读着文件。她有着洋娃娃般冷峻端正的脸庞，白得近乎苍白的皮肤，及肩的靓丽黑发，让她看起来和雪女别无二致。前提是，如果有戴着无框眼镜的雪女的话。

即使寺田聪进来了绯色冴子也不抬头，继续以令人难以置信的速度翻看着文件。保管物上贴的二维码要与馆长用电脑制作的案件概要说明相关联，为此她要从头到尾翻阅搜查文件。对常人来说，这是一项枯燥透顶的工作，但绯色冴子并不是常人，她不但能以惊人的速度阅读搜查文件，还能把每个细节都记得一清二楚。

"这是1990年8月到11月间发生的连环纵火案，现在我要给这个案件的证物贴上标签。"

寺田聪把搜查文件放在桌子上，绯色冴子终于停下手头工作抬起头来。她冷淡地点点头，拿起搜查文件翻了起来。

寺田聪知道不会有什么回复，于是立刻回到了助手室，开始在证物上贴二维码标签。每件证物都装在塑料袋里，需要把标签依次贴在袋子上。

大概工作了一个小时，只剩下几件证物还没有贴标签了。这时，助手室和馆长室间的门开了，绯色冴子走了进来，手里拿着刚才交给她的搜查文件。她已经读完了吗？她把搜查文件放在工作台上说：

"重新搜查连环纵火案。"

馆长在构建证物管理系统的间隙，会突然对未解决的案件进行再搜查。当寺田聪刚被调到犯罪资料馆，第一次听到她说要对悬案进行重新搜查时，还以为她只是患有自大妄想症。虽然没有任何现场经验的工作人员不可能胜任搜查工作，但她却能用与搜查一课完全不同的大胆推理得出真相。自从寺田聪被分配到犯罪资料馆，绯色冴子已经重新搜查并破解六起案件了。

即便是奉承，寺田聪也没法说绯色冴子有沟通能力。她会收留被搜查一课开除的寺田聪，应该也是为了让他替自己开展再搜查的讯问工作吧。

"明天开始重新搜查。请在今天之内把所有的搜查资料都读一遍。"

只说了这么两句，绯色冴子转身回到了馆长室。

今天之内？寺田聪叹了一口气。一看手表，已经过了下午2点了。如果不想加班，就只剩三个小时左右的时间了。我又不可能像馆长那样一目十行——他一边在心里嘀咕，一边开始翻阅府中、国分寺、国立、立川连环纵火案的搜查文件。

*

第一起案件发生在8月2日。凌晨0点过后，府中市小柳町一栋两层木结构房屋起火，房屋全部被烧毁。根据警察和消防部门的实地调查，可以断定有人在房子周围泼了煤油，然后放了火。因此，警方断定这是一起纵火案。

这栋房子里住着的夫妻二人都是在某公司上班的职员，他们有两个孩子，所幸一家都平安无事。当时，据他们反映，有人打电话来告诉他们："着火了，快逃！"但是因为那个人好像用氦气变了声，所以听不出性别和年龄。警察调查了通话记录，发现电话是用附近的公用电话打的。另外，警察还发现只有玄关附近没有泼煤油。

从这一点来看，纵火犯之所以不在玄关附近洒煤油，是因为

赤焰 055

想保障住户可以逃生，而且纵火后立刻用附近的公用电话叫住户逃跑，也印证了这一点。纵火时还要考虑住户的生命安全，这在纵火犯中很少见。在那个年代，几乎所有人家的电话号码都刊登在电话簿上，其中包含住户的姓名、住址和电话号码，所以，要查某个家庭的电话号码是极其简单的事情。

根据估算，洒在房子周围的煤油足有五个十八升的标准塑料桶那么多。因此，纵火犯应该是用汽车将塑料桶拉到犯罪现场的。但不巧的是，没有获得可疑车辆的目击信息。另外，也没有在犯罪现场找到塑料桶。大概纵火犯害怕塑料桶会露出马脚，所以拿走了。

第二起纵火案发生在8月13日。还是在凌晨0点过后，国分寺市户仓的一栋两层木结构房屋起火，也是全部被烧毁。当时，除了玄关附近，房子周围都被人泼上了煤油，然后放火。纵火犯也是打电话通知住户赶紧逃跑。

警方根据这几点，断定这起案件与8月2日的案件是同一人所为，于是将该连环纵火案搜查本部设在第一起案件所属辖区的府中警察署，由搜查一课火灾犯搜查系来主导调查。

罪犯仿佛在嘲弄刚设立的搜查本部，犯罪继续进行着。第三起纵火案发生在8月26日，地点位于国立市富士见台。第四起发生在9月5日，地点位于立川市砂川町。第五起发生在9月17日，地点位于府中市分梅町。这几起案件的纵火对象都是两层木结构房屋，纵火手法一致，而且每次都会给住户打电话。这几起案件简直如出一辙。

搜查本部重点讨论的是：纵火犯的目的到底是什么？无论是哪起案件，纵火犯都会事先调查住户的电话号码。从这方面可以看出，纵火犯并不是无差别地选择纵火对象，而是按照某种标准来筛选的。但是，这五起案件的受害者彼此不认识，也没有找到他们之间的共同点。五起案件的受害者都是夫妻，其中四起受害者家里有孩子，与其说这是共同点，不如说住在独栋双层住宅里的大部分是有孩子的夫妇，这只是社会的普遍现象而已。

案发地点限定在府中市、国分寺市、国立市、立川市以及东京都下西部的一定区域内，因此犯人居住在该区域内的可能性很大。搜查本部调动了该地区辖区警署的所有搜查人员，四处搜集可疑人员的信息，并在第三起案件后加强了夜间巡逻。但是，没有发现嫌疑人，夜间巡逻也没能阻止第四起和第五起案件的发生。

这时，有人提出了一种说法：从住户会接到警告电话避免生命伤害，以及犯人将煤油泼在房子周围使其全部烧毁的情况看，有可能是住户为了获得保险金而实施的犯罪行为。住户为了让自己安全地逃出火海这件事显得更合乎常理，于是自己用附近的公共电话拨打了自家电话。而把房屋全部烧毁，是为了能得到更多的保险金。

但是，这种说法也有问题。如果以获取保险金为动机，则无法解释案件的连续发生。因为拿不到别人家的保险金，所以以保险金为目标的犯罪行为应该不会连续发生。

也有人说，这会不会不是"交换杀人"，而是"交换纵火"。但是，无论怎么调查，都找不到受害者之间的联系，也没有合谋的证据。

还有人说，连环纵火案中只有一起案件是凶手的真正目标，其他都是为掩饰而作案。但是，为了掩饰而多次作案似乎也不太现实。

结果还是不知道纵火犯的真实目的是什么。

多亏了纵火犯的警告电话，这五起案件都没有死人。10月1日，有人被害死了，但并不是死于纵火。

当天晚上9点57分，警视厅通信指挥中心接到一起110报警电话。报警人是一名年轻女子，但没有报上姓名。在通信指挥中心，根据动态录音，记录了报警人与110接警人员之间的对话。

报警人："关于府中市和国分寺市发生的连环纵火案……"

警察："怎么了？"

报警人："我觉得他可能就是纵火犯。"

警察："他是谁？"

报警人："他是我的朋友……"

警察："你为什么认为他就是纵火犯呢？"

报警人："刚才我们一起在我家里看了9点的电视新闻。电视上正在播放连环纵火案的报道，上面有火灾废墟的画面。我朋友一边看一边嘟囔。"

警察："他说了什么？"

报警人："他说'已经第五次了，还是没见到那个人'。"

警察："……'已经第五次了，还是没见到那个人'是什么意思呢？"

报警人："我也不知道。但是，那个时候电视上显示的是第五起连环纵火案的废墟。'已经第五次了'，说得简直就像是他自己放的火一样。"

警察："你朋友叫什么名字？"

这时电话的另一边响起了什么东西破碎的声音，接着是沉重物体倒在地板上的声音。惊慌失措的警察喊了一声，但没有人回应。十几秒后，电话就被挂断了。

通信指挥中心可以定位报警人的地点，调查显示报警电话是从府中市新町的新町公寓303号房间拨出的。附近派出所的警察迅速赶到那里，却发现了倒在厨房地板上的年轻女性的尸体。尸体的头部有撞伤，旁边有一个玻璃花瓶，脖子上缠着电线。

当时，负责连环纵火案的搜查一课的搜查员正在府中警察署的搜查本部开会，接到与连环纵火案关联的案件消息后，他们立即赶赴现场。府中警察署的搜查员、在值班的搜查一课强行犯搜查系的搜查员，以及鉴识课的搜查员也都赶到了现场，现场被骚乱的气氛包围着。

经公寓管理员确认，死者是住在这里的交野沙知绘，她今年二十六岁，是东京都内一家化学公司的职员。

厨房沥水篮里放着两份洗过的餐具，交野沙知绘应该和凶手一起吃过晚餐。

司法解剖结果显示，死者的死因是被勒后窒息身亡，推定死亡时间是晚上10点左右。这与通信指挥中心接到女性报警的时间一致。警方请交野沙知绘的朋友辨识了报警系统自动记录的女性声音，他们确认报警的就是交野沙知绘。这说明那通报警电话里听到的内容并不是演出来的，而是真的。

交野沙知绘和凶手一起观看了电视新闻节目。凶手看到连环纵火案的废墟画面，无意识地说了一句"已经第五次了，还是没见到那个人"。她听了之后对凶手产生了怀疑。后来交野沙知绘拨打了110报警电话，这说明凶手当时已经离开了房间。但他因为某种原因回来后，发现她在报警，便将她杀害。无论在被害者撞击的玻璃花瓶上，还是在夺走其生命的电线上，都没有查到指纹。

警方对公寓里的住户进行了问讯，但没有得到目击信息。根据交野沙知绘报警时声称纵火犯是她的朋友，搜查人员讯问了交野沙知绘工作单位的同事、上司，甚至学生时代的朋友、老师，试图找出符合条件的嫌疑人，但始终没有找到符合条件的人。她性格内向，与人交往甚少。

交野沙知绘称纵火犯是她的朋友，并且和她在家里共进晚餐，从这几点来看，凶手很有可能多次进过她的房间。也就是说，房间里应该留有凶手的很多指纹。从案发情况来看，这是突发性犯罪，应该没有时间抹去所有的指纹。于是，鉴识课的搜查员对室内的指纹进行了全面采集，在房间发现了多处交野沙知绘以外的人的指纹。这应该是属于那个问题"朋友"的指纹。随后，搜查人员偷偷地采集了已知的交野沙知绘所有朋友和熟人的指纹，并将其与问题指纹进行比对。但是，没有发现与之匹配的人员。也就是说，在已查明的朋友和熟人中，没有那个问题"朋友"。

和这个问题"朋友"的真实身份成谜一样，同样令搜查本部困惑的还有"已经第五次了，还是没见到那个人"这句话。这句话是什么意思？难道凶手有想见的人，通过放火就可以见到那个人吗？应该是凶手不知道想找的那个人在哪里，但是知道放火就能让那个人出现，所以才不断地放火。尽管如此，那个人却始终没有出现……

纵火后会有什么样的人出现呢？能想到的有消防员、负责实地调查火灾现场的消防局负责火灾调查的职员，还有正在进行案件调查的搜查一课的火灾犯搜查系的搜查员，也就是他们自己。凶手想见的对象就在其中吗？

凶手的话让搜查人员想起了一个故事——蔬菜店阿七的故事。

阿七是生活在17世纪后半期江户本乡地区的少女，她父母经营着蔬菜店。阿七家因为大火被烧毁，他们逃到菩提寺避难。阿七在那里和住持的侍童相恋。不久后店铺得以重建，阿七一家离开了寺庙。但是，阿七对恋人的思念越来越深。如果房子再被烧掉一次，就可以再去菩提寺，还能见到思念的恋人——阿七这样想着，就点了一把火。火很快就被扑灭了，但阿七因纵火罪被捕，在铃森刑场执行了火刑。事件发生三年后，作家井原西鹤在《好色五人女》中进行了改编，之后在净琉璃和歌舞伎中经常演绎这个故事。

阿七的故事和连环纵火案都是"想要通过放火来见到某人"，但还是有着细微的不同。在阿七的故事中，放火致使自己需要避难，然后见到想见而又难以见到的人。在连环纵火案中，发生火灾才能出现自己想见的人。

虽然有这样那样的不同，但凶手的话让人联想到蔬菜店的阿七。媒体自然也注意到了这一点，因此称其为"现代版的蔬菜店阿七"，进行大肆报道。

搜查人员讯问了负责连环纵火事件的消防员和负责火灾调查的搜查员，是否见到多年杳无音信的熟人，或者有没有曾对他们表现出异常执着的人。但是，大家都回答说没有线索。搜查员们自己也没有注意到有这样的人物。

纵火案还是持续发生，仿佛是对搜查总部拼命搜查的一种嘲弄。第六起案件发生在10月15日，地点位于立川市柴崎町；第七起案件发生在11月3日，地点位于国分寺市东元町；第八起发生在11月22日，地点位于府中市荣町。搜查本部的焦躁情绪开始加深，必须在新年到来之前破案。搜查员拼命地进行搜查。

不知为何，过了很久都没有发生第九起纵火案。在此之前，每个月都会发生两三起纵火案。但是，从11月22日发生的第八起案件开始，半个月过去了，一个月过去了，都没有再发生纵火案件。

如果凶手是想通过纵火来见到"某人"的话，那么他应该在第八起纵火案中见到了那个"某人"。搜查本部是这么认为的。除了消防员，负责第八起纵火案的火灾调查的职员、火灾犯搜查系的搜查员，与负责第七起纵火案的相关调查人员是相同的。于是，警方推断这个"某人"应该就在消防员之中。

但是，负责第八起纵火案的府中消防署荣町办事处的消防员都表示，没有发现多年杳无音信的熟人和曾对自己表现出异常执着的人。

那么，犯人为什么停止犯罪了呢？难道犯人死亡了吗？搜查本部在犯人可能居住的府中市、国分寺市、国立市、立川市内开始调查，想要从第八起纵火案，也就是11月22日以后的死亡人员中寻找蛛丝马迹，但是没有发现可疑人员。于是，他们将搜查对象扩大到东京都内全域的死亡人员，从东京都内每天的死亡人数来看，想要找到线索是很困难的。

随着调查的不断深入，搜查本部终于发现被纵火的房子之间有一个很大的共同点。在这几起案件中，附近的居民都证实，被纵火的房子是在二十四五年前建造的。搜查本部发现房子的建成年代很相近，于是，调查员调查了各起案件中被纵火房屋的不动产登记簿。结果发现，这八幢房子都是在1965年8月建造的。

这是一个很大的共同点，但是不知道这件事和纵火有什么关系。嫌疑人想通过纵火与某人见面的动机和被纵火的房子都是在同一时期建造的，这两者之间究竟有什么关系呢？搜查本部最终也没能找到答案。

在这一连串的案件中，有八起纵火案适用于"故意纵火罪"，而交野沙知绘被杀案则属于杀人罪。案件发生在1990年，两项罪名的诉讼时效都是十五年，所以，从2005年8月2日到11月22日，这几起案件的诉讼时效陆续到期。然后，案件的证物、遗留物、搜查文件从设置在府中警察署的搜查本部转交到犯罪资料馆，在保管室里一直沉睡了九年。

3

"已经第五次了,还是没见到那个人。"

在沙知绘家里看着电视里的新闻,我无意间嘟囔了一句,却被她听到了。

虽说沙知绘信誓旦旦地表示绝对不会往心里去,但当她目送我离开房间时,那张脸看起来却有些紧张兮兮的。她很敏锐,总是能抓住一些细微之处。我有些担心,就悄悄回到她的房门前。这时,隔着玄关的门,隐约传来打电话的声音。

轻轻地打开门。沙知绘正背对着这边,在厨房里对着电话说话。她竟然转头就把我不经意间说出的那句话转告给了别人。我只能认为电话那边的就是警察。

走进客厅,我双手拿起放在桌上的花瓶,砸向正要转身的沙知绘的头部。她还没来得及出声就倒了下去。

"喂,怎么了?"

悬在半空中的话筒里传来一个男人慌张的声音。我拿起听筒放了回去。把连接插座和家电的电线扯下来，缠在失去意识的沙知绘的脖子上，狠狠地勒紧。

不知这样勒了多久。我把手放在她嘴唇上方试了试，已经停止了呼吸。摸了摸手腕，也没有了脉搏。沙知绘就这样瞪着眼睛死去了。

警察应该很快就会找到这里。我必须赶快逃走。于是我用抹布迅速擦掉花瓶和电线上的指纹。我来过这个房间好多次，应该到处都留有指纹。但是，已经没有时间全部抹掉了。而且，就算警方采集了留在房间里的指纹，只要我不在调查范围内，就不用担心。再说，绝对不用担心我会出现在搜查线索图上。没有一个警察会知道我为什么要放火。

打开大门，走出走廊。一个人都没有，也没有人看到我。我快步离开公寓。

走在夜晚的街道上，后悔、悲伤和罪恶感突然像波浪一样袭来。我杀了沙知绘，是我夺走了她无辜的生命。

没办法，我对自己说。事到如今，也只能这么做了。

在找到那个人之前，我不能停止放火。

4

绯色冴子提出要再次搜查时，首先提出的要求就是要和八起纵火案中的受害者见面。

受害者自然无法再住在原先的房子里，不得不搬家了。搜查文件上记载了受害者的新住址和他们的电话号码。第一次搬家可能是因为没地方住而匆忙决定的，所有受害者都至少搬了两次家，之后还有人搬了更多次。搜查文件上记载了这些人所有搬家时候的地址和电话号码。大概搜查本部担心联系不上失去房子的受害者，所以要求他们搬家后务必告知新住址和电话号码。因为诉讼时效在2005年8月2日到11月22日逐步到期，所以之后便没有进行再搜查，因此搜查文件里记载的是当时最新的住址和电话号码。

寺田聪试着一个一个地拨打记录在案的电话号码，发现这些电话号码九年来就没再变过。在绯色冴子的指示下，寺田聪与他们当中住在东京附近的六个人约定好见面。寺田聪报告了相关情况后,问道:"我明天去见受害者,有什么特别需要问的吗?"

不料绯色冴子说:"明天的再搜查我也一起去。"

寺田聪不由得"啊"了一声。

"……馆长也要去吗?"

雪女惊讶地眯起了大眼睛。

"我也一起去,很奇怪吗?"

"不,没那回事。"

到目前为止,他们已进行了六起案件的再搜查。在之前五起案件里,绯色冴子一步都不曾离开过犯罪资料馆,实际的问讯工作全部交给了寺田聪。极度欠缺沟通能力的她并不适合问讯,她自己也意识到了这点。唯一的例外是在前几天西原高中女高中生被杀案件的再搜查中,绯色冴子居然和寺田聪同时出动了。这次又想同行,到底是怎么回事?寺田聪本想问她,但怕会被她无视,只好作罢。但愿她不要做出有损警视厅形象的怪异举动……

*

第二天早上,寺田聪带着绯色冴子坐上犯罪资料馆的破旧面包车出发了。门卫大冢庆次郎目送寺田聪他们远去,小声嘟囔着说:"馆长怎么会要一起去搜查,这可真是头一回。"

他们见的第一个人是第二起纵火案的受害者,名叫今井知宏。虽然他有妻子和女儿,但妻子在事件发生两年后自杀了,女儿也离家出走了，直到现在还下落不明。"

今井家住在东久留米市前泽。寺田聪把面包车停在附近的投币式停车场，向今井住的单间公寓走去。

4月，温暖的阳光从晴朗的蓝天洒下来，偶尔吹过的风带来沈丁花的香味。天气好得让人心潮澎湃，但走在旁边的雪女却面无表情，仿佛只有她的周围还残留着冬天的气息。

打开214号房门的是一位七十多岁的男子。只见老者头发花白，脸上布满了老年斑。他表情严肃，似乎能感受到压抑的愤怒。

"我是给您打电话的警视厅附属犯罪资料馆的人。"

寺田聪说完，今井瞪了他一眼。

"抓到犯人了吗？"

"没有，很遗憾。因为诉讼时效已过，搜查已经停止。我们的犯罪资料馆是保管案件证物、遗留物、搜查文件等物品的部门。有几件事想跟您确认一下。"

"那你就回去吧。我不想再想起那件事。如果不是因为那件事，我的家也不会如此支离破碎。"

"虽然还没有展开搜查，但通过我们重新查阅资料，凶手还是有可能浮出水面的。到目前为止，我们已经破了好几起这样的陈年旧案了。"

虽然完全不知道打算再次展开搜查的绯色冴子有什么胜算，但寺田聪还是这么说了，不过接下来就不知道该问今井什么问题了。绯色冴子面无表情地沉默着，似乎打算把谈判都交给寺田聪处理。

"……那好吧，进来。"

今井虽然仍是一脸难以置信的表情，但还是边说边把门打开了。寺田聪说了声"打扰了"，走了进去。绯色冴子还是一声不吭地跟在后面。

房间里空荡荡的，几乎没有家具。厨房旁边摆着一张小桌子，上面放着吃完早餐的空碗、盘子和茶杯。今井把它们一股脑儿地放到水槽里。房间里只有一把椅子，寺田聪决定站着不动。

"那么，你想问什么？"

今井边说边一屁股坐到椅子上。

老实说，事到如今，寺田聪也不知道该问什么，况且绯色冴子也没有明说该问些什么。她只是说，随便问问二十四年前的事。虽然寺田聪也有想问的问题，但是因为都是太过琐碎的事情，所以即使突然问起来，受害者也不一定能马上想起来。如果受害者被问到二十四年前的事情，说不定记忆也会被重新唤起。没办法，寺田聪只好有一搭没一搭地开始了问讯。

"您能谈谈案发当晚的情况吗？"

"房子着火的时候，妻子、女儿和我都在睡觉，然后突然被那个浑蛋的电话吵醒了。于是我们拿上存折拼命地从家里跑了出去。除此之外所有的东西都烧光了。女儿的成长记录、妻子画的非常喜欢的画、我的邮票收藏……因为我们一家三口都平安无事，所以一开始警察竟然怀疑这是我们为了获取保险金而自己放的火。火灾让我们失去了一切，警察竟然还在我们茫然无措的情况下怀疑我们，这是不是太过分了？"

"对不起。"寺田聪替当时的警员道歉。

"后来又接连发生了多起纵火事件,所以很快就洗清了我们骗取保险金的嫌疑……但后来又说凶手是为了见到一个人才不断纵火的。那个浑蛋也该替我们这些因为他这种任性之举而被迫流离失所的人想想吧!"

"我理解。"

"我的妻子非常珍爱那个家,处处精心打理,装饰得也很漂亮。而这一切,竟然瞬间就被火焰包围,化为乌有了。案发后她的心情变得非常阴郁,她一定是受不了打击才精神崩溃的。我也因为无法忍受这一切,所以很少回新住处。结果,案件发生两年后,我的妻子自杀了。"

寺田聪不知该说什么好。搜查文件上并没有记录今井妻子自杀的原因。

"听说凶手杀害了一名识破自己是纵火犯的女孩,但也间接地杀害了我的妻子。因为我没有给予妻子相应的安慰和支持,上大学的女儿也因此责怪我,所以离家出走了。从那以后,我们就再也没见过面……"

今井并没有提及案发当晚的事,尽数表达了对警察和凶手,以及对人生的愤怒。

沉默沉重地笼罩下来。寺田聪瞥了一眼绯色冴子。她想问的细节到底是什么?这时,一直沉默的雪女终于开口了。

"事件发生前,你们有没有收到装修公司或白蚁防治公司的广告宣传之类的信息?"

寺田聪听到她说出这么奇怪的话，差点儿惊掉下巴。今井皱起眉头看着绯色冴子，原以为他会生气地说"什么乱七八糟的"，没想到他回答说"有过"。

"我记得确实接到过这种宣传广告电话。因为完全没有兴趣，所以说到一半就挂了……那又怎么样？"

到底是怎么回事呢？搜查文件上只字未提装修公司或白蚁防治公司宣传的事。

但是，绯色冴子没有回答就离开了房间，好像已经没有想问的问题了。

"对不起，谢谢您。"

寺田聪慌忙向今井道谢，急忙追了出去。今井像被吓了一跳似的张大了嘴巴，看着他。

*

"馆长，离开的时候最好先跟人家道声谢再走。"

一出门，寺田聪就提醒绯色冴子。

"是啊，我猜对了，因为太兴奋了，忘了道谢。"

是因为太兴奋了吗？没想到绯色冴子会兴奋。

"那个问题是什么意思？"

但是，她什么也没有回答，好像还没到该回答的时候。寺田聪放弃了，坐上了停在附近投币式停车场的资料馆的破旧面包车。

接下来会见的是第五起纵火案的受害者藤田久枝和山胁奈奈

子这对母女。

奈奈子是久枝的女儿，结婚后改随夫姓山胁。案发当时，藤田一家除了母女两个人还有久枝的丈夫和久枝的儿子，也就是奈奈子的弟弟。但是，在约定见面的时候才得知，原来久枝的丈夫两年前就去世了，儿子现在住在奈良。

寺田聪他们来到位于练马区光之丘的公寓。打开502号房门的是一位神情平静的四十多岁的女性。

寺田聪自报家门，说是警视厅附属犯罪资料馆的。那位女子说："我是藤田奈奈子。"纵火案发生时，她正在读高中二年级。

寺田聪和绯色冴子被带到摆放着沙发的客厅里。房间很宽敞，有二十多平方米。

"您母亲不在家吗？"

听寺田聪这么一问，藤田奈奈子脸上露出了抱歉的表情。

"对不起。今天母亲和朋友一起去了金泽，有个两天一夜的观光旅行。跟你们通过电话之后，我才想起母亲提前订好了旅行，又不能放弃，只好让她去了。"

"没关系，当然可以先去旅行。"

无论是从居住环境，还是从和朋友一起出去旅行来看，她们和刚才的今井截然不同，过着幸福的生活。

"那么，您想问什么呢？"

"您能谈谈案发当晚的情况吗？"

"是这样的……"

藤田奈奈子望向远方。

"那天，我写完作业，和弟弟一起玩了电视游戏，洗完澡后就上二楼自己的房间睡觉了。然后，惊慌失措的母亲摇醒了我，她大喊着'着火了'，赶忙拉着穿着睡衣的我下了楼。父亲和弟弟也都穿着睡衣。我们只拿着存折就跑了出去。火焰爬上了墙壁。我记得周围的邻居也注意到着火了，灯一个接一个地亮了起来。我们不知如何是好，茫然地站在家门口的马路上。火势越来越大，消防车到达时，整栋房子都已经被火焰包围了……

"火被扑灭后，我们被警察带去问话。因为我睡在二楼，没注意到电话声。在一楼睡觉的父母是被电话吵醒的。父亲接起电话，对方只说了一句'着火了，快逃'，就挂断了电话。父亲起初以为不过是个恶作剧，但为了慎重起见，还是从玄关走到外面看了一眼，发现玄关两侧已经燃起了火焰，于是赶忙告诉母亲。

"警察问我们有没有得罪谁，我们也想不到曾经得罪过什么人。因为父亲和母亲素来为人善良，而我只不过是个高中二年级的学生，弟弟也只不过在读初三，都没得罪过什么人。"

当时的搜查人员似乎并没有怀疑藤田家是为了获得保险金而自己纵火。因为搜查人员知道这已经是第五起纵火案了，不符合以保险金为目的的假设。

"你对嫌疑人放火是为了见某个人这种动机怎么看？"

"太任性了。自己的任性，不知道伤了多少人的心……"

就拿刚才去见的今井来说，他的妻子就是心灵受到重创的人之一吧。

这时，藤田奈奈子突然想起什么似的说道："这么说来，在我

赤焰　073

和丈夫商量买房的时候，我和父母都要求不要买独栋的房子，而是要买公寓。我想大概是因为那次火灾在我们心里笼罩了恐怖的阴影，所以害怕独栋房子再被烧光。"

寺田聪瞥了一眼绯色冴子，她又问起了那个问题。

"事件发生前，有没有装修公司或白蚁防治公司做过广告宣传之类的？"

藤田奈奈子恍然大悟地回答说有。

"有一次接到了电话宣传广告。我记得母亲拒绝了，说我们家很爱惜地使用房子，没有必要……您是怎么知道的？"

藤田奈奈子不可思议地看着绯色冴子。但是，雪女没有回答，只是说了声"谢谢"就站了起来。比刚才有进步。

*

之后，两人又面见了另外四名受害者。现在的四个人中，有三个人都住在公寓，正如藤田奈奈子所说，他们害怕独栋房子会失火。

寺田聪随便问了几个案发当晚的问题，等对方一开口，绯色冴子就问有没有收到装修公司或白蚁防治公司的广告宣传。有两个人说不记得了，另外两个人说收到过。

有来自装修公司或白蚁防治公司的广告宣传，这是很明显的共同点。但是，这和一连串的案件又有什么关系呢？说起来，绯色冴子是如何推导出这些共同点的呢？即便问，她也只是沉默不语。

最后见面的对象是当时东京消防厅第八消防方面本部负责火灾调查的职员，名叫别所公司。他的名字被记录在搜查文件上，他也是连环纵火案火灾现场的实况目击者。

犯人想通过放火见面的对象是消防员、负责火灾调查的职员或火灾犯搜查系的搜查员。寺田聪问为什么不去见消防员和火灾犯搜查系的搜查员，绯色冴子冷淡地回答"没必要见"。问她为什么没有必要见，她没有回答。一如既往地守口如瓶。

从东京消防厅的职员名单来看，别所现在是第八消防方面本部的副本部长。寺田聪打电话约了和他会面。

两人前往位于立川市的第八消防方面本部，在其中一个房间里和别所见了面。这是个五十多岁的男人，头发很短，皮肤被太阳晒得黝黑。

"这一连串的纵火案现场，您都亲眼见过吗？"

"准确地说，我只是十名现场调查人员之一。按实际职责划分，现场有一名总指挥，一名现场见证人，一名摄影师，三名发掘、讯问人员，四名绘图人员，我的职责是现场见证人。因为第二起纵火案与第一起作案手段相似，包括之后的几起也是如此，所以很可能是同一嫌疑人所为，因此负责第一起案件的十名现场调查人员继续负责后续案件调查。如果有案件发生在第八消防方面本部的管辖范围之外，那么就不再由我们负责现场调查，但是那几起案件都发生在我们辖区。"

"你在现场看到过很久没有见过你，也没跟你联系的人，或者以前像跟踪狂一样缠着你的人吗？"

"你是说嫌疑人想通过放火来见到某个人吗？当时警察问过我好几次，我完全没有头绪。"

"连环纵火案结束后，你有没有遇到久别重逢的人？连环纵火事件停止，可以认为犯人遇到了想见的人。"

"没有。我想不到符合条件的人。"

然后别所歪着头说："嫌疑人想见的人应该不是我吧？因为我从第一起案件到最后一起案件，每次都在现场进行勘查。如果凶手每次都偷偷地监视现场，而他想见的人是我的话，在最初的几起案件中应该早就注意到我了，那之后就不会再纵火了，也不会连续发生八起纵火事件。既然犯罪在第八起时停止了，那么凶手想见的应该是在第八起案件发生后第一次出现的人物——府中消防署荣町办事处的消防员吧？"

别所说得没错。决定与他见面的绯色冴子，在这一点上是怎么考虑的呢？寺田聪看了她一眼。

"你是现场的见证人，也就是说，你负责决定现场的重点搜查区域吧？"

"嗯，是的。"

"谢谢，我想问的只有这些。"

5

回到犯罪资料馆后,寺田聪对绯色冴子说:"差不多该给我讲讲你的推理了吧?"雪女把寺田聪请进了馆长室。他刚在沙发上坐下,绯色冴子就开口了。

"看了搜查文件后,我决定先研究一下嫌疑人想要见的人。嫌疑人似乎认为通过纵火可以见到那个人。最先从候选名单中排除的是消防员。"

"为什么?我觉得消防员才是最可能通过放火见到的人。"

"根据消防署、消防分局、行动处的规模,一个消防署至少有十名消防员。而且,每次有火情,不可能一个署的消防员全部出动。存在一种很大的可能是,某消防署辖区内发生火灾后,消防署派员出警,但目标消防员恰巧当天不当班,或者去了别的火灾现场。因此,为了确认某个消防署是否有目标消防员,应该是在那个消防署的辖区内同时制造多次火灾,让消防署的所有消防员全体出动。"

"……这么说来，好像确实是这样。"

"案发现场分别是府中市小柳町、国分寺市户仓、国立市富士见台、立川市砂川町、府中市分梅町、立川市柴崎町、国分寺市东元町、府中市荣町。我查了一下，这些地点都在不同的消防署管辖范围内。如果每次都在不同的消防署管辖范围内制造火灾，那么就无法全面调查该署内是否有目标消防员。这样一来，可以推断嫌疑人想见的对象应该不是消防员。"

"原来如此……那么，如果不是消防员，那就是负责火灾调查的职员，或者是搜查一课火灾犯搜查系的搜查员？"

"这种猜测也有说不通的地方。"

"为什么？"

"一直纵火，直到想要见到的人出现在现场为止，这一连串的案件被认为是同一人的犯罪行为或同一案件。在这种情况下，派遣到现场的负责火灾调查的职员或火灾犯搜查系的搜查员是相同的。因为同一件案件派遣不同的负责人效率会降低很多，也就是说，不管怎么纵火，现场也不会出现其他的人。因此，要想让不同的火灾调查人员或火灾犯搜查系的搜查人员去调查每一起纵火案件，就必须把每一起纵火案件都伪装成不同的案件，而且伪装成不同的案件是很简单的。虽然都使用煤油，但纵火的对象不应该只局限于木结构住宅，只要进行各种各样的改变就可以了。但是，嫌疑人并没有这么做。他只把木结构住宅，而且是1965年8月建成的木结构住宅作为纵火对象，没有做出任何打破连环作案的举动。这样一来，继续纵火也是徒劳。由此判断，嫌疑人要见的人既不是负责火灾调查的职员，也不是火灾犯搜查系的搜查员。"

"……但是，如果既不是消防员，又不是负责火灾调查的职员，也不是火灾犯搜查系的搜查员，那么凶手纵火后要见的人到底是谁呢？"

"就像我刚才说的，一方面，凶手并没有打破各起纵火案的连续性，他始终把目标锁定在1965年8月建成的位于东京都下西部的木结构住宅上，他的目的就是将特定的房屋全部烧毁。另一方面，与因火灾而出现的某人见面也是嫌疑人的目的。乍一看，嫌疑人的这两个目的是分裂的。但是，如果把看似分裂的两个目的综合起来，我们就可以得出这样的结论：嫌疑人的目的是见到某个人，那个人只有通过烧毁特定的房屋才能出现。"

"……为了见到只有烧毁特定房屋才能出现的人？"

寺田聪完全不明白绯色冴子的推理走向。

"让我们再来看看嫌疑人的另一个不可思议的举动。嫌疑人每次纵火都会给住户打电话，让他们逃难。嫌疑人为什么要这么做呢？是因为尊重生命吗？并非如此，如果直接把房子全部烧毁，烧死人的可能性就会变大。可见，凶手并不是尊重生命的人。那么，如果凶手没有打电话让住户逃难，会发生什么呢？"

"……应该会有人被烧死。"

寺田聪回答道，连他自己都觉得这是理所当然的事情。

"对，应该会有人死亡。既然凶手并不是因为尊重生命而不希望有人死亡，那他纯粹是不愿意看到火灾现场有尸体。"

"为什么不愿意看到火灾现场有尸体呢？"

"我们把这一点和刚才得出的结论结合起来看，凶手的目的是见到某个人，只有让特定的房屋完全烧毁才能让'那个人'出现。"

寺田聪开始隐约理解绯色冴子想要推导出的结论。

"之所以不愿意看到火灾现场有尸体，是因为担心新的尸体会和可能出现的'那个人'混淆。"

然后，雪女低声说：

"凶手要见的人，就是被埋葬在火灾现场的死者。"

*

"……被埋葬的死者？"

寺田聪不由得汗毛直竖。

"假设被纵火的房子的地板下藏着一具尸体，犯人很想找到那具尸体。但是，如果房子还在的话就无法找到那具尸体。因此，他决定烧掉那些碍事的房子，以便寻找尸体。用煤油把房子烧个精光，也是为了清除隐藏尸体的建筑物部分。"

"那么，给住户打电话让他们逃难是……"

"因为如果在火灾现场发现居民的尸体，就会和藏在地板下的尸体混淆。当然，如果仔细检查尸体，就能分辨出是被烧毁的尸体还是被藏起来的尸体，但在灭火后的现场勘查阶段很难区分。凶手大概不想这么麻烦，才让居民逃难的吧。"

"可是，纵火这种手段是不是太极端了？"

"据受害者们说，案发前曾接到装修公司或白蚁防治公司打来的广告宣传电话。恐怕是嫌疑人假装成这类公司的职员，想要调查房子的地板下面，但是被拒绝了，不得已只好采取放火的手段。"

寺田聪终于理解绯色冴子为什么会提出那个奇怪的问题了。

"连环纵火，也就是说，凶手推测的地板下可能藏着尸体的房子有好几家？"

"是的，凶手知道尸体以前被藏在某栋在建的房子的地板下。那栋房子是在1965年8月完工的。但是符合这个条件的房子有好几栋，而且每栋房子的房主都拒绝装修或驱除白蚁。于是凶手只好一家接一家地放火排查了。"

"那么，凶手说的'已经第五次了，还是没见到那个人'这句话……"

"指的是在第五起火灾现场也没有发现尸体。"

"纵火只发生了八起，你是说凶手达到目的了吗？"

"嗯。"

"但并不是在纵火后的废墟中发现了尸体……"

刚说到这里，寺田聪恍然大悟。

"……该不会是1990年11月28日在日野市一栋被拆除的房子的地板下发现他杀女性尸体的案子吧？"

绯色冴子点了点头。

"那栋房子应该是嫌疑人想要纵火的房子之一。纵火之前那栋房子就被拆掉了，苦苦寻找的尸体也找到了，所以凶手已经没有再纵火的必要了。我知道凶手的目的了。从这里就能锁定凶手的真实身份。"

6

玄关的门打开了,门外站着一周前见到的警视厅附属犯罪资料馆的那两个人。一个长相冷冰冰、年龄不详的女人和一个三十岁左右的高个子男人,来者正是绯色冴子和寺田聪。

"在您休息的时候前来打扰,实在抱歉。我有事想请教您,不知现在方便吗?"寺田聪说。

那个人说了声"请进",就把两人带进了房间。

"那么,你们想问什么?"

绯色冴子目不转睛地盯着他,她那几乎不眨的大眼睛仿佛看穿了他的心思。她低声问:

"你就是凶手吧?"

"……别胡说。"

他一脸茫然,接着语气变得粗鲁起来。然而他自己也明白,那是没有说服力的。一个星期前,两个人第一次来拜访的时候,他就知道这一天早晚会到来。

绯色冴子用平静的声音继续说：

"我们已经查明，纵火的目的是把房子全部烧毁，然后找到藏在地板下的尸体。这样一来，凶手的身份自然而然就被锁定了。最容易找到被埋在废墟中尸体的人，并不是负责灭火的消防员，而是负责灭火后对废墟进行现场勘查的消防局火灾调查员和搜查一课火灾犯搜查系的搜查员。凶手很有可能就在他们之中。"

他拼命忍住，不让自己的脸扭曲。

"那么，是他们中的谁呢？犯人杀害了一位叫交野沙知绘的女性。因为她和犯人一起看电视新闻的时候，犯人看着火灾现场的画面小声说了句'已经第五次了，还是没见到那个人'，她听到后报了警，被犯人发现，所以被灭口。报案时间是10月1日晚上9点57分，凶手在她报案时杀害了她。此时，搜查一课火灾犯搜查系的搜查员们都在搜查本部开会，接到通知后马上前往现场。也就是说，火灾犯搜查系的搜查员全部都有不在场证明，犯人锁定为消防局负责火灾调查的职员。根据搜查文件，从第一起连环纵火案到最后的第八起，负责现场调查的都是别所先生。因此，我们决定见一见你。"

一周前，寺田聪来到第八消防方面本部时，对别所说："你在现场看到过很久没有见过你，也没跟你联系的人，或者以前像跟踪狂一样缠着你的人吗？"听到这句话，他觉得这两个人也和以前的搜查本部的工作人员一样，是在错误的前提下进行调查的，不由得松了一口气。但是，如果那个时候这两个人已经对自己有所怀疑，寺田聪的那个问题或许是为了让自己放松警惕的圈套。

他拼命地反驳：

"虽然我负责所有案件的现场勘查，但我未必就是凶手。现场勘查是由十人组成的小组进行的，其他九人也负责所有案件的现场勘查。"

"但是身为现场领导的你，可以根据现场情况详细指示搜索地点，也就是说，你可以让他们重点搜索可能埋有尸体的地方。我们把目标锁定在你身上后，彻底调查了你的个人背景。我们了解到在你六岁的时候，你妈妈失踪了。你想要找的人，就是你的母亲吧？"

既然知道得这么清楚，就只好放弃抵抗了。

他叹了口气，说道："是的。"

我父亲是个木匠，在家里是个暴君。心情好的时候会给我点儿零花钱，心情不好的时候会二话不说直接打我。母亲和我每天都过着提心吊胆的生活。母亲身上伤口不断，为了劝慰想要责打儿子的父亲，她成了替身。

5月的一个早晨，一睁眼，母亲不见了。我问父亲，他生硬地回答："出去了。"还说是和别的男人手拉着手出去的。

我无法相信母亲会做出这种事，抛弃刚上小学一年级的儿子。但是，我什么也做不了。

就这样，我承受着父亲的折磨，渐渐长大。高中毕业后，我就离开了家，住在一个报摊里，一边工作一边上大学。我再也没有回父亲所在的那个家。

1990年年初，我从老家的邻居那里得知父亲病倒了。无奈之下，我只好回了趟老家，带父亲去医院做了检查。医生说他是胰腺癌晚期，只好让他住院治疗。

从那以后，我每天都去看望父亲。这并不是因为原谅了父亲，而是出于想看到暴君父亲日渐衰弱的复仇心理。

那是住院一个月后的事。在病房里，周围没有医生和护士的时候，父亲坦白了。

"……我杀了聪子。"

杀了母亲？我以为自己听错了。但父亲又说了一遍。

"……我把聪子杀了，埋在地板下。"

我问他是哪家的房子。

"那是我当时建的房子……上梁结束后，铺好地板的第二天早上，我开车把聪子的尸体运到那里，放到地板下面……用砖块围起来，盖上砂浆，不让气味散发出来……"

我又问了一遍，到底是哪家的房子。父亲只是痛苦地呻吟，没有回答。不久，他便陷入昏迷状态，一直没有醒过来，就这样咽了气。

一想到温柔的母亲被埋在无人知晓的地方，我就无法忍受。我必须找到她的遗体。

母亲是在1965年5月失踪的。父亲把她的遗体藏在当时正在建设的房子里。

父亲那时会去哪个工地呢？我拼命寻找童年的记忆。隐约记得当年父亲承接了大场建设这家公司的工程，仅凭这一点，就能在很大程度上缩小目标范围。最后一次见到母亲是5月6日。因此，藏尸时间是在5月7日以后。父亲说的是上梁结束后，铺好地板的第二天。从上梁到竣工大约需要三个月，所以那栋房子应该是8月前后竣工的。

二十五年后，大场建设公司还依然存在。我假扮成消防本部的领导，找到大场建设公司，查了1965年8月的建成房屋记录。就这样，我把目标房屋数缩小到十七栋。母亲应该就睡在其中一栋房屋的地板下。但是，因为没有证据证明尸体真的被埋在地板下，所以无法通知警方搜查。

我想到以装修和驱除白蚁为托词搜寻地板下面。但是，当我打着宣传的旗号打电话过去时，所有住户都拒绝了。

到底该怎么办才好呢？突然，我的脑海中浮现出恶魔般的想法。只要对目标房子放火，清除碍事的建筑物就可以了。这样一来，作为负责火灾调查的职员，在实地勘查火灾现场时，就能找到母亲的遗体了。虽然这是违法犯罪的行为，但是为了找到母亲的遗体，我愿意不惜一切代价。

最重要的是第一次纵火的时机。如果好不容易放了火，却让其他职员成了火灾现场见证人，那就没有意义了。因此，必须等到其他可能担任现场见证人的消防队员轮休的凌晨纵火，这样一来，自己就能顺理成章地担任现场见证人。从第二起案子开始，我故意采用了和第一起案子一样的手法，强调了连续性。这样一来，负责第一起案子的我，就可以继续负责第二起案子。然后，就是对目标房屋一个接一个地放火。但是，我在所有的火灾现场都没有发现母亲的遗体。

那是发生在10月1日晚上的事。下班后，我去了当时正在交往的交野沙知绘的家，吃了她做的晚饭后，我们一起看了新闻节目。当时，我看着火灾现场的画面下意识地嘀咕了一句："已经第五次了，还是没见到那个人。"这句话被沙知绘听到了。离开她的房间后，为了慎重起见，我又折了回来，结果发现她正在报警，便立马杀了她。

我觉得自己已经堕落到无可救药的地步了，也已经无法回头了。之后我又纵火烧了三户人家，但都没有找到母亲的遗体。

此后，在11月29日的晨报上，我看到了一则令人震惊的新闻。前一天，也就是28日，在日野市被拆除的一栋房子的地板下，发现了一具他杀的女性尸体。推定死者年龄在二十岁到四十岁，已死亡二十年到三十年。

肯定是母亲。

那栋房子也是我要放火的目标之一。但是，考虑到日野市不在自己所在的第八消防方面本部的管辖范围内，无法对火灾现场进行实地调查，所以就把放火的时间往后推了。

得知找到母亲的时候，我有一种深深的安心感，同时又感到无比后悔。只要再等几个月，就不用纵火，也不用杀了交野沙知绘了。如果能再等几个月的话……

回过神来，我发现自己像是着了魔一般对着绯色冴子和寺田聪一直说个不停。把二十四年来积攒在心中的罪恶感全部发泄了出来。

我说:"请逮捕我吧。"

寺田聪摇了摇头,回答说:"九年前诉讼时效已过。但是,有必要让你和警察聊聊。一起走吧。"

我点了点头,站起身来。

1

寺田聪把破旧的面包车停在犯罪资料馆的停车场。

大冢庆次郎说了声"辛苦",人从车里出来,关上了滑动大门。因为他已年过七十,寺田聪每次都想去帮他,但这样做反而会让大冢不高兴,所以他只好默默地看着。

"哎呀,馆长来了。"大冢回头望向正门,笑着说。

一扇巨大的木门打开了,一个身穿白大褂、身材苗条的女人出现在门口。

洋娃娃般冷峻端正、年龄不详的面容,及肩的靓丽黑发,大大的双眼皮眼睛上戴着一副无框眼镜,这是绯色冴子警视。当然,她的出现并不是为了迎接寺田聪,而是着急查看面包车里的物品。

寺田聪拉开面包车的滑动门,放下了折叠式手推车。绯色冴子快步走了过来。

"我从赤羽警署拿到了碎尸杀人案的证物和搜查文件。"

寺田聪这么说着,雪女一声不吭,只冷冷地点了点头,开始把装在面包车上的纸箱搬上手推车。她的举止像机器一样毫无多余的动作,装好后便把手推车推到大楼入口,寺田聪抱着纸箱跟在后面。两人进入馆内,把纸箱搬到一楼的助手室。

打开纸箱,他们把装在塑料袋里的证物一个接一个地拿出来放到工作台上。

一个装过尸体头部和躯干的行李箱,四个装过其他部位的手提包,十个装过尸体各部位的半透明塑料袋,还有死者的钱包……塑料袋上附着着风干的血迹。没有看到凶器和用于分尸的刀具。

接着是尸检报告和搜查报告等各种搜查文件。结束后,绯色冴子看着从赤羽警署送来的证物清单,确认证物和搜查文件是否有遗漏。

工作台上的物品散发出腐朽的气息,若是一般人肯定会感到不舒服。即便是寺田聪,也感觉有点儿难以忍受。以前在搜查一课的时候,他从来没有负责过分尸杀人案件的搜查,应该说是万幸吧。

但是,雪女的神色毫无变化,只是一直盯着证物,很难想象她是个几乎没有任何现场经验的精英派。不仅如此,平时近乎苍白的皮肤,似乎泛起了一丝红晕。

她拿起尸检报告,大大的眼睛盯着一点一动不动。

"……果然如此啊!"

红嘴唇里发出低语。然后她把目光转向寺田聪，低声说道：

"重新调查这起案件。"

*

寺田聪调到位于三鹰市的警视厅附属犯罪资料馆已经一年零三个月了。

寺田聪在这里的主要工作有三项。

第一项工作，前往辖区警局，领取并带回在那里保管的证物和搜查文件。今天从赤羽警署带回的是十五年前，也就是1999年3月发生的碎尸杀人案的证物和搜查文件。根据警视厅的内部规定，杀人案件发生十五年后，证物和搜查文件必须收入犯罪资料馆。十五年这个数字是指2004年日本《刑事诉讼法》修订之前，杀人案件的诉讼时效为十五年。《刑事诉讼法》修订实施后的2005年，杀人案件的诉讼时效已延长至二十五年。虽然《刑事诉讼法》在2010年再次被修订，诉讼时效也被废除，但案发十五年后证物和搜查文件收入犯罪资料馆的内部规定依然存在。

第二项工作是在证物上贴二维码标签。犯罪资料馆为了有效地管理证物，建立了用扫描仪将粘贴的二维码标签轻轻一扫就能在电脑上显示相关基本信息的系统。二维码标签粘贴工作是从最早的案件开始的，现在终于贴到了1990年7月的案件。之所以进展缓慢，一方面是因为资料馆只有两名工作人员，另一方面是因为不断有新的案件证物收集进来，必须马上贴上二维码标签。

第三项工作是按照馆长的指示进行再搜查。到目前为止，寺田聪已在绯色冴子的指示下重新搜查了七起悬而未决或者因嫌疑人的死亡而宣告终结的案件。被搜查一课扫地出门的寺田聪能调到犯罪资料馆，似乎也和绯色冴子脱不了干系。因为就算是恭维，也很难说她有沟通能力，况且她也不适合做讯问工作，所以需要一个合适的助手。

"……重新搜查吗？我明白了。您刚才说'果然如此'，难道已经在怀疑什么了吗？"

"嗯。"

"搜查文件刚取回来，您还没有看过。您是从CCRS的案件摘要中发现疑点的吧？"

"是的。"她点了点头。

CCRS是记录了战后警视厅管辖范围内发生的所有刑事案件的数据库。绯色冴子和寺田聪在拿到证物和搜查文件之前，都先用CCRS了解有关案件的信息。

"你怀疑的是什么呢？"

雪女没有回答。她是个极端的保密主义者，看都不看寺田聪，只用那副冰冷的侧脸对着他。

"我今天就看搜查文件，你明天看一下，后天开始重新搜查。"

说完这句话，她就拿着搜查文件消失在馆长室。寺田聪无奈地叹了口气。

*

寺田聪决定重新阅读CCRS上登记的案件信息。系统上只有概略信息，不是很详细。寺田聪在去赤羽警署之前也看过，不过并没察觉什么特别值得怀疑的地方。但是，如果绯色冴子是在那里发现了什么疑点的话，那么作为原搜查一课的搜查员，寺田聪就算为了脸面也必须把疑点找到。

从助手室的电脑上访问CCRS，案件显示的名称是"赤羽荒川河岸碎尸杀人案"。

1999年3月23日，星期二。早上8点过后，在荒川赤羽北一丁目的河岸上，一位牵狗散步的老人发现了被丢弃的一个行李箱和四个手提包。狗朝那边狂吠，老人战战兢兢地走上前，闻到一股异臭，急忙拨打110报警。

赶到现场的赤羽警署的搜查员逐一打开行李箱和手提包，被肢解的尸体才终于重见天日。里面一共有十处身体部位：行李箱中装着头部和躯干，四个手提包中分别装着右上臂和右前臂、左上臂和左前臂、右大腿和右小腿、左大腿和左小腿。上臂部分是从肩膀到手肘，前臂部分是从手肘到指尖。全都装在四十五升的半透明塑料垃圾袋里。从头部及其他部位的形态来看，死者无疑是名男性。

虽然没有找到死者的衣服和鞋子，但死者的身份很快就查明了。警方在行李箱里发现了钱包，里面有信用卡，上面的名字是细田俊之。

这个人很有可能是死者。于是搜查员联系了信用卡公司，得知细田的工作单位是日央商事，就赶去了那里。在那里，搜查员看到了细田的照片，由此判定死者就是细田俊之。

细田俊之，四十岁，和妻子织江住在千叶县船桥市南本町的公寓里。巧的是，织江在前一天，也就是22日上午10点半左右，在JR总武线船桥站跳入站台，被驶入月台的电车撞成重伤，虽然被送到医院急救，但当天便不治身亡。警察和医院想和细田取得联系，但始终没有找到他的下落。22日这天是星期一，细田请了带薪假，既没有去公司，也不在家，而且没有手机，所以联系不上。就在警方一筹莫展的时候，细田的尸体被人发现了。

细田的推定死亡时间是22日上午10点到正午之间。死因是后脑勺被一个直径一两毫米的尖锐圆形物体刺穿，造成延髓损伤。凶器应该是锥子或者冰凿子之类的东西，但抛尸现场没有发现凶器。

DNA鉴定结果显示，十处部位都属于同一个人。

头部和躯干、躯干和左右上臂、左右上臂和左右前臂、躯干和左右大腿、左右大腿和左右小腿的连接关节都被切断了。由于切面未发现活体反应，因此应该是在死后被切断的。从切割面判断，切割中使用了锯子和菜刀，但在弃尸现场并没有发现这些作案工具。

细田生前最后一次被目击是在22日早上9点过后。细田从公寓的房间出来，在走廊碰巧和住在隔壁的住户打了个照面。但是，那个住户也不知道细田去了哪里。隔壁房间的住户和细田并不是特别熟,当时也只是简单打了个招呼。

凶手应该是在22日晚上到23日凌晨这段时间开车把尸体运到河边的,但询问附近的居民,也完全没有获得可疑车辆和人物的目击信息。

寺田聪歪着头。CCRS中登记的信息只有这些,绯色冴子到底对这些信息中的哪个地方产生了怀疑呢?

2

第二天早上一上班,寺田聪就像往常一样遇到了清洁工中川贵美子。

"寺田,早上好。"

"早上好。"

"我有榴莲味的糖,你要吃吗?"

说着她就从别在腰上的包里取出糖。

"不,不用了。"

寺田聪慌忙摆手。"真的很好吃啊!"中川贵美子一脸遗憾。

"寺田现在忙着给什么案件的证物贴二维码呀?"

"十五年前在赤羽荒川河边发现的碎尸杀人案。"

她像搜寻记忆一样闭上眼睛,马上说:"啊,那个案子啊!"

对于轰动一时的案件,她有着出众的记忆力。

"因为被杀的男人长得很帅,所以我记得很清楚。我觉得凶手绝对是女人，肯定是那个男人的情人，真是个痴情的家伙。女人被男人劈腿，一气之下便杀了他。如果这个案子需要重新调查的话，别忘了参考我的意见哦。"

"我会记住的。"

"寺田也是个美男子。你可要当心，千万不要把女人惹哭，小心也被大卸八块哦！"

寺田聪说了声"我会小心的"，然后仓皇躲进了助手室。

桌上放着搜查文件，绯色冴子应该在昨天就已经看完了。

他走进隔壁的馆长室，向绯色冴子打了声招呼。雪女头也不抬地看着文件。因为已经习惯了，所以寺田聪并不在意。他对馆长说今天之内会读完搜查文件，然后回到了助手室。

首先拿起尸检报告。

当然，"死亡时间"一栏和"死亡原因"一栏与CCRS上的案件信息一模一样。"死亡地点"一栏是空白的。而且，在"其他特别需要附注的事项"一栏中，有两点信息。

第一，凶器刺入的角度。它几乎垂直于后脑勺扎入，上下左右的抖动偏离角度几乎为零。

第二，切割部位有被多次切割的点。因为无法一次切断，所以写着犯人可能是力气不大的人。没有多大力量的人——女性吗？

接着，他浏览了搜查报告。

第一册的开头夹着现场实况图。上面画着现场附近的河滩图，还标出了一个行李箱和四个手提包被遗弃的地点。在距离河岸人行道大约两米远的位置，共计放着五个包。

接下来是事件的概要，这里和CCRS的记载一样。之后详细记载了调查过程。

看到第一个被怀疑的嫌疑人时，寺田聪大吃一惊，竟然是已经死亡的织江。

织江在22日上午10点半左右，在离自己家最近的JR总武线船桥站，在电车驶入月台时跳入轨道，受重伤双腿截肢。从周围乘客的目击证词来看，她确实是试图自杀。虽然她立即被送往附近的新福会医院接受紧急手术，但还是因抢救无效，于当晚11点50分死亡。

细田的推定死亡时间是22日上午10点到正午之间，从时间上看，织江也有作案的可能。或许也可以这样认为：织江在杀害细田之后，受罪恶感的驱使才在船桥站跳轨自杀。只是，织江并没有时间将尸体肢解然后遗弃在荒川河边，那么这部分应该是由共犯负责的。

织江之所以被视为嫌疑人，是因为她有杀害丈夫的动机。织江的身上有多处被殴打的痕迹，可以肯定，她经常被细田施暴。而且，从织江的父亲和女性朋友的证词可知，虽然织江想离婚，但细田很顽固，始终不答应，所以织江决定杀害不肯离婚的细田。或者，也可能是她在被打时为了保护自己，一时冲动才杀了丈夫。

但是，调查结果显示织江有不在场证明。从上午9点到10点左右，她一直都待在船桥站附近的咖啡店里。那是织江常去的一家店，店员都认识她。虽然知道这位客人本来就很文静，但因为她那天看起来比往常更沉闷，所以店员多留意了一眼。恐怕那时织江已经下定决心自杀，但在行动之前，她决定在自己喜欢的咖啡店度过最后的时光。

接下来被怀疑的对象是织江的父亲八木泽伸造。八木泽从女儿那里得知细田不但家暴自己的女儿，而且还不同意离婚。所以他有可能是出于对女儿的疼爱才对细田动了杀心。

上午10点50分左右，八木泽从警察那里接到织江跳轨自杀的消息，急忙赶到医院。在那之前，他一直待在市川市的家里。八木泽的妻子在二十五年前就去世了，女儿结婚离家之后，他就一直一个人生活，没有人能为他做不在场证明。从上午10点到10点50分这段时间里，他有杀害细田的作案时间。另外，在此之后他也可以回到家里进行分尸，因为他有车，所以也可以去荒川的河岸地抛尸。

八木泽听到织江跳轨自杀的消息后，为了联系细田，不知给他的工作单位、家里、朋友等打了多少电话。但那或许只是为了掩饰自己就是凶手的事实。

然而，最终也没有找到任何证明八木泽犯罪的确凿证据。搜查本部将八木泽视为最大嫌疑人，但同时也扩大了搜查对象的范围。

细田性格开朗，有很多男男女女的朋友。警方对他所有的朋友进行了盘查，但并没有发现有对他恨之入骨、想要杀之而后快的人。

然而，在调查细田的交友关系网的过程中，一个出乎意料的事实浮出水面。织江紧急手术时负责麻醉的医生秋川惠，竟然是

将死亡切成十份　103

细田的外遇对象!

搜查本部将她视为新的嫌疑人。秋川惠会不会因为细田想要回到他妻子的身边,所以才对他起了杀心?

案发当天,她并不当班,待在位于江东区的家中。但是,因为值班的麻醉医生得了急性阑尾炎,所以她被临时叫回去上班。她去医院的时间是上午11点后。

细田的推定死亡时间是上午10点到正午之间,所以秋川惠也有作案时间。因为她是医生,所以对人体的构造很了解,对分尸的生理性忌讳也比一般人少一些。而且,她也有车。但是,警方也没有找到证明她是凶手的确凿证据。

接下来,警方又发现细田的车不见了,但这个谜团很快就解开了。在案发两个月前,细田开车时撞上了道路旁边的大树,车子严重受损。虽然细田奇迹般地只受了一点儿轻伤,但因为是酒后驾车,所以驾照被吊销了90天。

装着尸体各部位的行李箱和手提包都是市面上常见的物品,因此无法从流通渠道确定购买者是谁。

虽然锁定了数名嫌疑人,但始终没能找到确凿的证据,搜查工作陷入了胶着状态。

*

下午5点过后,终于读完搜查文件的寺田聪走进了馆长室。

绯色冴子依然在看文件,完全看不出她有任何疲惫的样子,就像一台机器一样。

"明天进行再搜查,能给我点儿指示吗?"

于是,绯色冴子说:"有想让你去见见的人。"她列举了三个人的名字。他们都是搜查报告中提到的人物。

"为什么是这三个人?"

"因为凶手就在这三人之中。"

寺田聪被绯色冴子随口说出的话吓了一跳。

"……为什么能这么断言呢?"

"因为被害人被分尸了。有理由分尸的,只有这三个人。"

寺田聪完全不知道绯色冴子在想什么。

"但是,目前还无法确定凶手到底是哪一个人,还需要进一步讯问。"

接着,她又说出了更令人吃惊的话。

"明天的再搜查我也一起去。"

寺田聪不由得说:"又要一起吗?"刚说完,他就后悔自己失言了。但是,绯色冴子并没有表现出特别在意的样子。

"说实话,这次我还没想好要问什么问题。如果能直接见到他们三个人,也许就能决定了,所以我想和你一起去见见他们。"

寺田聪点头表示自己明白了。然后,寺田聪决定询问从昨天开始就一直想问的问题。不知道她会不会回答,不过就算不回答也没关系。

"昨天馆长看了尸检报告,说'果然如此',也就是说,在那之前,你就对这件案子产生了某种怀疑。这是读了CCRS的案件

将死亡切成十份 105

信息就发现的吗？"

"是的。"

"我也看了CCRS的案件信息，但完全不知道馆长产生了什么怀疑，您能告诉我到底对什么产生了疑问吗？"

"我的疑问是：为什么凶手没有分割被害人的躯干，却分割了被害人的胳膊和腿呢？"

"什么意思？"

"凶手将细田的手臂分割为上臂部和前臂部，将腿分割为大腿部和小腿部。但另一方面，躯干并没有被分割。既然没有分割躯干，就说明凶手有足够的力量搬动整个躯干。很显然，胳膊和腿要比躯干轻很多，既然能搬动整个躯干，那么胳膊和腿也应该不用分割就能搬动。但为什么非要分割胳膊和腿呢？分解尸体需要相当长的时间和体力。如果不分割胳膊和腿，就能少分割四个部位，这样就能减少大量的时间和体力。"

听到这里，寺田聪大吃一惊。说起来确实如此。

"根据科警研[1]对已破获的分尸杀人案件进行的分析研究，在日本九成以上的分尸杀人案中，凶手都是为了便于搬运尸体或毁灭证据才分尸的。但是，这起案件中的分尸方法，如果说是为了便于搬运，就显得非常奇怪了，只能认为是有其他目的。"

"什么其他目的？"

绯色冴子没有回答。又是保密，寺田聪决定自己再好好思考

---

[1] 科学警察研究所的简称，是日本警察厅的附属机关，主要负责研究实验科学搜查、交通事件鉴定、证物鉴定及检查等工作。

一下。

关于科学警察研究所的研究，寺田聪也听说过。研究表明，分尸九成以上是为了便于搬运或毁灭证据，剩下的都是基于某种性幻想或强烈的憎恶而进行的。

但是，如果是某种性幻想的情况，凶手通常会切除性器官，而这次的案件并非如此。如果是有强烈的憎恨，往往会伴随着尸体的损坏，但这次的案件里尸体只是被切断，感觉不到憎恶。

寺田聪决定抛开现实，试着研究一下推理小说中才会出现的离奇可能性。

如果尸体被切断的部位原本就留有凶手想要消除的某种痕迹，会怎么样呢？比如注射痕迹。如果正好切断那个地方，就能掩盖注射痕迹。注射有时会在上臂部和前臂部的交界处，因此可以解释切断上臂部和前臂部是为了消除注射痕迹。但是，除此之外的切断部位——头部与躯干的交界处、肩膀部位、大腿根部都不可能有注射痕迹。一般情况下，这种地方是不会被注射的。还是说，其他部位的分割，只是为了隐藏本来的目的而进行的伪装呢？但是，那样的话，分割的次数也太多了。

寺田聪的脑海里浮现出一种更离奇的可能性。

被害人在指纹识别系统中录入了指纹，凶手为了让系统识别被害人，需要被害人的指纹。也就是说，他需要带有被害人指纹的手，所以凶手切断了被害人的左右前臂。之所以左右前臂都切断，是因为凶手不知道指纹识别系统中录入的是被害人的右手指纹还是左手指纹。不过，指纹识别系统一般会录入两只手的指纹，让系统识别其中一只手的指纹就可以了，但凶手可能并不知道这一点。

但是，如果想要有指纹的手的话，切断手腕就可以了。比起前臂，手腕更小巧便于携带。另外，如果左右前臂以外的部分都被切断，是为了隐藏本来的目的进行的伪装，依然会产生为什么要切断这么多地方的疑问。

绯色冴子到底在想什么呢？

3

去见的第一个人是住在市川市行德的八木泽伸造。

把犯罪资料馆的面包车停在附近的投币式停车场后，寺田聪和绯色冴子向八木泽的家走去。八木泽家位于古老住宅区的一角，是一栋小巧的独栋房子。

大概是年代久远的缘故，墙壁有点儿脏。

按响门铃后，门开了，一个中等身材的老人走了出来。他满头白发，脸上刻着深深的皱纹，今年应该八十岁了，但看起来感觉快要九十岁了。

寺田聪自报家门说是警视厅附属犯罪资料馆的，八木泽用沙哑的声音说："请进。"

就算是八十岁高龄，说话声音也不至于这么毫无生气，也许十五年前女儿去世的时候，他的时间也停止了吧。

寺田聪他们被带到玄关旁边的一个不足十平方米的客厅里。

作为一个独居的老头子，这里出人意料地收拾得整整齐齐。

"护理员每周来一次。"八木泽似乎看出了寺田聪的想法，说道。

寺田聪和绯色冴子端坐在有些年头的茶几前。八木泽用摇摇晃晃的手沏了绿茶。寺田聪道谢后拿起茶杯，绯色冴子一言不发地环视着室内。寺田聪一边祈祷绯色冴子不要说奇怪的话，一边开口道：

"就像我在电话里说的，我们警视厅附属犯罪资料馆保管的案件调查文件有不完整的地方，为了补充这些资料，请允许我提几个问题。很抱歉让您想起痛苦的事情，还请您多多包涵。"

"好。"八木泽点了点头，像下定了决心似的坐直了身子。

"我想问一下当年3月22日的一些事情。上午10点50分左右，您接到织江小姐跳轨自杀被送到医院的消息后，就立刻赶往医院了，是吗？"

"……是的。织江受了重伤，双腿截肢，要接受紧急手术。在医院时，我着急地打电话到细田的工作单位，但他公司的人说细田那天休班。于是，我就往他们家里打电话，但是没有人接。因为细田没有手机，所以也没法直接给他打电话。我以为他去朋友家了，就联系了冢本和夫。冢本是细田高中时代的朋友，和我是象棋的棋友，关系很好。但是，细田也没有在冢本家，我实在是走投无路了，冢本担心我情绪太过激动，就赶到了医院。我向冢本打听细田可能去的地方，一个接一个地打了电话，但还是找不到细田。那段时间，织江接受了紧急手术。但是，手术已经没有意义，晚上11点50分她就停止了呼吸……"

"我想问一个问题。"

绯色冴子突然插嘴，寺田聪吓了一跳。雪女用大大的眼睛盯着八木泽。

"您从赶到医院到女儿去世，一直在医院吗？"

"当然。我女儿正在接受手术，所以我想尽量陪在她身边。"

"女儿死亡之后呢？"

"我听了医生的说明，看了死亡诊断书之后，就坐上冢本的车，凌晨1点左右回到了家。"

绯色冴子点了点头，陷入了沉默，看样子没有继续提问的打算。没办法，寺田聪只好继续问道：

"第二天，你知道了细田遇害的情况？"

"是的。22日晚上，我还是不知道细田到底在哪里，心里很着急。第二天，也就是23日下午，赤羽警署通知我，他们在荒川的河边发现了碎尸。我才终于明白为什么之前一直找不到细田。女儿的死加上细田被杀的消息，让我一时间茫然无措，魂不守舍。冢本联系了殡仪馆，为织江安排了24日的守夜和25日的告别仪式。在葬礼上，我女儿不叫细田织江，而叫八木泽织江。对于想跟细田离婚的织江来说，这也算是一种安慰吧。"

"听说细田先生对你女儿实施过家庭暴力？"

"织江跟我商量了好几次，说她想离婚，但是细田不同意。我每次都说，你们是夫妻，再忍耐一下吧，俊之总有一天会冷静下来悔改的。织江每次回去的时候也总是说'那再忍耐一下，因

将死亡切成十份　　111

为我也有不对的地方'，其实现在想来，当时的我不应该对女儿说那样的话。织江是个老实孩子，就那样一直忍耐着。作为父亲的我，却总是说些不负责任的话，一点儿也靠不住。如果妻子还活着的话，或许还能帮她出出主意，但妻子在织江十岁的时候因为癌症去世了，织江失去了可以依靠的人，最终……"

八木泽哽咽了，眼泪从那双眼睛里夺眶而出。

"……说实话，细田和织江就像是我介绍的一样。"

"怎么说？"

"刚才我说过的棋友冢本，他开了一家二手车专卖店。有一次，我带着织江去他开的店里买车。碰巧那个时候，细田到店里玩，对织江一见钟情。趁我不注意的时候，细田巧妙地接近了织江，约好了见面。细田长得帅，又会说话，所以织江也没觉得他哪里不好。就这样他们开始交往，半年后就结婚了。如果那天我没有带着织江去买车的话，织江现在肯定还活着。我每天都这么想，责怪自己的愚蠢。妻子去世的时候，让我一定要照顾好织江，可我却……"

八木泽悲痛得说不出话来，开始抽泣。我把目光转向绯色冴子，问她还有什么要问的，她摇了摇头。

"谢谢。"寺田聪说着站了起来。这个老人可能是凶手吗？寺田聪陷入了迷思。

4

接下来拜访的是在新福会医院工作的秋川惠。

从新福会医院的网站上看，她是一名麻醉医师。事件发生十五年后的今天，她似乎仍在坚守岗位。寺田聪给医院打电话，告诉她拜访的目的，想约她出来，她说希望寺田聪在午休时间过去。她好像完全不介意寺田聪去她工作的地方。

新福会医院位于JR船桥站往北一公里处，是一家综合性医院。在林立的公寓中间，有一片宽阔的土地，那里有一栋六层的白色建筑。

把面包车停在停车场后，寺田聪和绯色冴子从正门走了进去。大厅里摆着长椅，坐着来看病的患者。在前台报上姓名后，秋川惠马上就出现了。

她应该是四十六岁了，但看起来远比实际年龄年轻。她留着短发，戴着和绯色冴子一样的无框眼镜。

"你们吃过午饭了吗？"

"没，还没有。"

"那我们去这里的自助餐厅吧，味道挺不错的。"

自助餐厅在一楼，明亮的光线从一整面墙的窗户射进来。秋川惠点了汉堡套餐，寺田聪和绯色冴子只点了咖啡。毕竟不能和嫌疑人一起吃饭。

女医生说了声"我开动了"，就津津有味地吃了起来。

"那么，你是想问案件的事情吗？"

"是的。我们警视厅附属犯罪资料馆负责保管案件的证物和搜查文件，但是搜查文件不完备。"

"虽然不知道有什么不完备的地方，但是为了十五年前的案子，需要派出两个人手吗？"

"这起案件还在诉讼时效之内，如果材料不完备的话，以后可能会出现问题。"

寺田聪随便说了一句，便开始提问。

"你和被害人细田俊之交往过吧？"

"是啊。"秋川惠毫不畏惧地点了点头。

"我和俊之是在常去的酒吧里认识的。他长得很帅，说话也很有意思，所以我们就开始交往了。"

"你不知道他有妻子吗？"

"一开始不知道，但很快我就发现了。"

"即便如此，你还是继续和他交往？"

"警察是从什么时候开始管风纪的？"

寺田聪苦笑。

"事件发生的时候，你们还在交往吗？"

"是啊，但我那时已经差不多想分手了。"

秋川惠一副满不在乎的样子。当然，也有可能是在演戏，但并没有让人觉得她有杀害细田并将其分尸的疯狂。

"我想问一下案发当天的情况。3月22日上午11点左右进行的细田织江的紧急手术，你是作为麻醉师被叫过去的吧？"

"嗯，那天我并不当班，但是当班的麻醉师得了急性阑尾炎，所以我被临时叫了回来。"

"你不知道麻醉对象是细田先生的妻子吧？"

"当然，我在手术前只知道她姓细田，但没想到她是俊之的夫人。"

秋川惠用讽刺的语气说道："你是不是想说我知道她是俊之的夫人，所以用了奇怪的麻醉方法让手术失败？"

"不，没有那种事……"

"无论对方是谁，都应竭尽全力，这是作为医生的天职。"

这时，绯色冴子突然插嘴道：

"因为值班的麻醉师得了急性阑尾炎，你被突然叫了回来。也就是说，织江的手术结束后，你那天作为医院的麻醉师上了一天班吧？"

女医生饶有兴趣地看着绯色冴子。

"嗯，是啊。"

"到几点？"

将死亡切成十份　　115

秋川惠陷入了沉思。

"十五年前的事，我记不太清楚了，但我每次都在医院待到晚上7点左右才下班，所以那天应该也是7点左右。"

"你确定吗？"

"嗯。我想应该不会比平时待得更晚。明明不当班却被叫了去，心里很不舒服，应该很早就回家了。"

"那之后你直接回家了吗？"

"直接回家了。"

"非常感谢！"

绯色冴子突然站了起来。

"哎呀，已经可以了吗？"

雪女默默地点了点头，起来转身就走了。寺田聪慌忙追了上去，到底是怎么回事？

"真是个怪人。"背后传来秋川惠的嘟囔声。寺田聪心想自己也深有同感。

5

见的第三个人是二手车销售商冢本和夫。正如八木泽所说，冢本是细田高中时代的好友，搜查本部也调查过他，得出的结论是他和细田之间并没有矛盾。他还是八木泽的棋友，当年八木泽赶到医院时，他陪伴在左右。

"冢本汽车"位于市川市大野町，宽阔的场地上摆放着三十多辆车，场地的一角有一间拼装平房。

走进平房，寺田聪向接待人员自报家门是警视厅附属犯罪资料馆的人，立刻被带进接待室。

"让您久等了，我是冢本。"

边说边走进来的是一个身材细瘦、看上去没有太大力气的男人，怯懦的脸上戴着一副大大的黑框眼镜。一听到二手车销售商，人们就会联想到世故老练、狡猾奸诈的生意人，但冢本的形象却完全不同。被绯色冴子目不转睛地盯着，冢本变得像猫面前的老鼠一样不安。

"那个,您说要补充搜查文件的不足之处,请问您想问什么?"他战战兢兢地问。

这本来是寺田聪的开场白。绯色冴子说:"先确认一下搜查报告上的事实。"

"细田俊之先生是你高中时代的朋友吗?"

"是的,我们同班三年……细田是运动神经超群的人,而我是运动白痴,两个人完全相反,但不知为什么,我们很合得来。也许是因为我们都喜欢车吧。"

"这家店也是因为你喜欢车才开的吗?"

为了让对方放松心情,寺田聪问了一些偏离主题的问题。

"不,不是这样的,这家店是我从父亲那里继承来的。我其实不擅长做生意,但因为是父亲那一代开的店,所以只好子承父业了。"

"细田先生也喜欢车,经常来这里吧?"

"细田经常来这里玩,坐在展示车的驾驶座上玩得很开心。"正好端茶过来的服务员笑着插嘴道,她是一个身材丰满的中年妇女。

"您认识细田先生吗?"寺田聪问她。

"是的。他是个很开朗的人,经常跟我们开玩笑,逗得我们哈哈大笑。他长得帅,身材又像运动员,跟我们社长完全不搭。"

她这样说着,然后看着冢本笑了。也许是老员工,即使在老板冢本面前也毫不客气。

"福西小姐,可以了。"

冢本苦笑着赶走了工作人员。

"能告诉我当年3月22日的情况吗?八木泽打电话给你,说织江跳轨自杀,问你是否知道细田先生在哪里。"

冢本的脸色阴沉下来。

"是的。那天是星期一,店里休息,所以我在家。上午11点左右,八木泽先生给我的手机打了电话,问细田有没有来。"

"你和八木泽先生很熟吗?"

"是的,我们是棋友。八木泽说想赶紧联系细田,但他既不在公司,也不在家里。我问他怎么了,他说织江跳入电车轨道了。因为八木泽先生情绪太过激动,我很担心。听说他心脏不好,除了女儿没有其他亲人,要是他倒下的话就没有人能去照顾了。织江又被送进了医院,所以我决定去医院看看。我赶到时织江正在做手术,八木泽坐在候诊室里,表情像是在祈祷。但我们无论如何都联系不上细田。我做梦也没想到,那个时候的他已经被杀害了……最后,织江也没能救过来,当天晚上11点50分就断气了。八木泽先生憔悴得令人心痛。"

绯色冴子突然插嘴道:

"从你赶到医院开始算起,直到晚上11点50分,你一直都在八木泽身边吗?"

冢本有点儿惊慌,眯着眼睛看着她。

"嗯,是啊,因为我担心八木泽会撑不住而倒下。织江小姐咽气后,八木泽郑重地向我低头说了声'谢谢',然后说'你该回去了',但我还是很担心八木泽先生,所以就和他一起听了医

将死亡切成十份

生的说明，确认了死亡诊断书。然后我开车送八木泽回家，再回我自己的家，到家的时候已经是23日凌晨1点半多了。"

雪女点点头，又沉默了。没办法，寺田聪只好继续提问：

"23日，你知道了细田先生的事件吧？"

"是的，下午八木泽给我打电话，当时我正在店里工作，他说发现了细田的尸体，而且还被分尸了……到底发生了什么，我无法理解。但不管怎样，我一定要好好为织江送行。我边安慰八木泽，边帮忙安排葬礼，还参加了24日的守夜和25日的告别式。按照八木泽先生的意思，织江小姐的姓不用细田而是用八木泽……那个时候我问了八木泽先生才知道，细田对织江小姐家暴。织江本来想离婚，但细田却不答应。八木泽说织江找她商量过，他对织江说，这是夫妻之间的问题，要忍耐。为此织江竟然跳轨自杀……八木泽为自己的话感到懊悔，所以他就按照织江想离婚的意思，在葬礼上用八木泽的姓来称呼她了。"

寺田聪的脑海里回想起几个小时前看到的八木泽伸造苦恼的表情。

"我做梦也没想到细田竟然对织江家暴，因为两人看起来关系很好……"

6

回到三鹰市的犯罪资料馆,已经是下午4点之后了。

"刚才你问的问题是什么用意,能让我听听馆长的想法吗?"寺田聪问道。绯色冴子的保密主义实在令人厌烦。

她说了声"知道了",就把寺田聪带进了馆长室。寺田聪在软塌塌的沙发上坐下,绯色冴子对个人的舒适感完全不感兴趣,也不想更换陈旧的沙发。

绯色冴子说:"凶手没有对尸体的躯干部分进行分割,却对胳膊和腿进行了分割。我已经说过,这种分割方式,如果只是为了方便搬运,那就太奇怪了,应该是出于其他目的。"

"是的。"

"他的目的是什么呢?我想,凶手是想把可动区域大的关节切断。"

"……可动区域大的关节?"

寺田聪对陌生的词语感到困惑。

"所谓关节，通俗说就是骨头和骨头接合的部分。关节分为不动关节和可动关节。不动关节比如说是构成头盖骨的骨头等。可动关节是能使人体自由活动的各种关节。可动关节又分为可动区域较大的关节，如颈椎关节、肩关节、肘关节、手关节、髋关节、膝关节、足关节等，以及可动区域较小的关节，如构成脊柱的椎体间关节和椎间关节等。简单来说，像脖子、肩膀、手肘、手指、大腿、膝盖、脚踝等部位关节的可动区域较大，而像脊柱等部位关节的可动区域较小。而且，巧合的是，可动区域较大的关节和可动区域较小的关节分类，正好与尸体被分割的关节和可以被分割而未分割的关节一致。"

"……是吗？"

"我们再确认一下切断部位，包括头部、躯干、左右上臂部、左右前臂部、左右大腿部、左右小腿部共十个部位。头部和躯干之间有颈椎关节，躯干和左右上臂部之间有肩关节，左右上臂部和左右前臂部之间有肘关节，躯干和左右大腿之间有股关节，左右大腿和左右小腿之间有膝关节。也就是说，切断的地方都是可动区域较大的关节。另外，没有被切断的关节是构成脊柱的椎体间关节和椎间关节，这是可动区域较小的关节。这样看来，凶手应该是想通过可动区域较大的关节来分解尸体，而不是可动区域较小的关节。"

"这么说来，确实是这样……可是，凶手为什么要这么做呢？"

"为了不让人知道被害人死时是什么姿势。"

"为了不让人知道被害人死时是什么姿势……？"

"可动区域较大的关节可以大幅度弯曲和伸展，能够让人做出特定的姿势。反过来说，如果切断可动区域较大的关节，那么就不知道被害人死于什么姿势。恐怕被害人是以特殊的姿势死亡的，因为凶手担心这个姿势会暴露自己，所以才不让被害人的尸体继续保持那个姿势。于是，凶手就将被害人尸体上可动区域较大的关节切断。"

"可是，如果是这样的话，杀人后给尸体换个姿势不就解决了吗？这样比较简单吧？为什么不用简单的方法呢？"

"因为被害人死后出现了尸僵。"

"……尸僵？"

"凶手在犯罪后，因为某种原因不得不离开现场，尸体一直保持着特殊的姿势，但在那个时候，他大概认为保持这样的姿势不会产生任何问题。他原以为用不了多长时间就能回来，但凶手不得不离开现场很长时间，等他回来时，尸体已经僵硬，以一种特殊的姿势僵住了。这样下去的话，警察根据特殊的姿势就能锁定凶手了。虽说可以等尸僵缓解，但凶手因为一些原因没法等尸僵的身体自行缓解。

"于是，凶手从颈椎关节、肩关节、肘关节、股关节、膝关节这些可动区域较大的关节将尸体分解，让人弄不清被害人是以什么姿势死亡的。结果，尸体被分割成头部、躯干、右上臂、右前臂、左上臂、左前臂、右大腿、右小腿、左大腿、左小腿共十

将死亡切成十份 123

个部位。"

寺田聪哑口无言。为什么会有这样的想法？

"能够证明尸僵的证据是，现场没有发现被害人的衣服和鞋子。被害人的钱包留在了行李箱里，那么通常衣服和鞋子也会留在行李箱里。之所以没有这么做，是因为在对被害人进行分尸时，衣服很碍事，必须脱下，但被害人尸体出现了尸僵，衣服无法顺利脱下，必须用剪刀或小刀切开。因为被切开的衣服会暗示被害人死后出现了尸僵，所以不能留在现场。没有衣服只有鞋子也会很奇怪，所以凶手也没有把鞋子留在现场。"

"啊，原来如此……"

"而且，赤羽警署送来的尸检报告，也能证实凶手把尸体肢解是为了掩饰被害人死于特殊姿势这一假设。因为尸检报告上写着，切断的地方被砍了好几次。"

"我以为这表明凶手的力量很弱，不是吗？"

"一般情况下，尸体被肢解时是处于平躺的状态，胳膊和腿都是伸直的。所以在关节处切割时，插入骨头的刀刃几乎与骨头成九十度角。而在切割特殊姿势的尸体时，假定胳膊和腿是弯曲的，那么在关节处进行切割的时候，插入骨头的刀刃就很难与骨头成九十度角。如果在司法解剖中详细调查刀刃插入骨头的角度，就会发现尸体的胳膊和腿是弯曲的，也就是被害人有特殊的死亡姿势。

"如果凶手是个头脑灵活的人，应该会预想到这样的情况，并进行某种掩饰。尸检报告上写着切断的地方被砍了好几次，这并不是因为凶手的力量不够，而是为了掩饰刀刃插入骨头的角度，我相信自己的假设是正确的。"

所以她读了尸检报告后就说"重新调查这起案件"。

"再次搜查时，我推导出了凶手应该满足的三个条件。

"第一个条件，凶手在行凶后离开了现场一段时间。在此期间，被害人死后产生了尸僵，以特殊姿势僵硬住了。尸僵通常在死后两三个小时从内脏、下颌和颈部逐渐开始，在死后十二三个小时遍及全身。因此，凶手一定在行凶后离开犯罪现场十二个小时以上。如果没有离开现场的话，一定会注意到尸体开始出现尸僵。而且，必须是行凶后还没来得及处理尸体就离开了现场，所以应该是在迫不得已的情况下匆匆离开的。

"第二个条件，凶手无法等到尸僵状态消失来掩盖被害人死于特殊姿势的客观情况。尸僵一般在死后四十八小时至六十小时开始缓解，死后七十二小时至九十六小时完全消失。这个常识只要留心一查就能知道。但是，凶手根本等不了这么长时间。而且，凶手也没有选择将尸体掩埋，而是选择了分尸。

"如果选择埋尸的话，警察也就无法知道被害人死于特殊的姿势，而且通常来说埋尸要比分尸让凶手心理上更能接受一些。尽管如此，凶手还是选择了分尸。由此可知，凶手是想让人知道被害人的死讯。因为埋尸会让被害人被认定为失踪，不会被认定为死亡。也就是说，凶手想让人在其行凶七十二小时到九十六小时之内就知道被害人已死亡。

"顺便说一下，尸体被遗弃在河岸人行道的旁边，所以早

将死亡切成十份　125

上很快就被散步的老人发现了。行李箱里还放着装有信用卡的钱包，因此尸体的身份很快就查明了。这些都是凶手为了让人迅速发现尸体和确定身份而策划的。这是第二个条件的旁证。

"第三个条件，凶手为了掩盖被害人的特殊死亡姿势，特意分尸。由此可知，被害人的特殊死亡姿势与凶手有着紧密的联系。只要知道被害人的这种死亡姿势，就能知道凶手是谁。

"我首先看了搜查报告，从案件相关人员中，根据第一个条件锁定嫌疑人。也就是说，目标嫌疑人必须在犯罪后的十二个多小时内不在犯罪现场。但是，搜查报告上只记录了案件相关人员在细田推定死亡时间的不在场证明，没有记录十二个小时之后的情况。所以，准确地说，我们选择了作案后不得不立即离开犯罪现场的人。"

"那就只有八木泽伸造、秋川惠和冢本和夫吧？"

"是的，八木泽伸造是在上午10点50分左右接到女儿织江跳轨自杀的消息后赶到医院的。秋川惠是在上午11点后因为织江的紧急手术而被叫到了医院。而上午11点左右，冢本和夫接到八木泽的电话，由于八木泽情绪过于激动，冢本和夫十分担心，便赶到医院。三人都不得不在细田推定死亡时间的上午10点到正午的某个时间，紧急离开之前的地点。也就是说，他们都有在犯罪后不得不以意想不到的方式离开现场的原因，而且除了这三个人，其他人都没有这样的情况。

"要从所有相关人员中找出凶手，首先要确认完全满足第一个条件的是谁，其次还要确认满足第二个和第三个条件的是谁。

这些从搜查报告上看不出来，所以要做出判断，有必要亲自去见见这三个人。"

所以，再调查时绯色冴子又和寺田聪一起去见了这三个人。

"实际见面的结果是，只有两个人完全满足了第一个条件——八木泽和冢本。八木泽赶到医院后，一直待到晚上11点50分织江咽气，而冢本一直都在八木泽身边，直到织江咽气为止。冢本在凌晨1点左右把八木泽送回了家，他自己回到家时已经是凌晨1点半以后了。也就是说，从细田的推定死亡时间上午10点到正午之后，两人都离开了自己家超过十二个小时，而秋川在医院工作到晚上7点左右，然后直接回家。也就是说，她没有离开自己家超过十二个小时。"

对秋川惠的讯问很快就结束了，就是这个原因。

"接下来的问题是，八木泽和冢本谁能同时满足第二个和第三个条件。在你讯问三人的过程中，我发现冢本同时满足了第二个和第三个条件。"

"冢本？我不明白他为什么同时满足第二个和第三个条件。"

"首先，我们来看第三个条件。细田死于一个特殊的姿势，即与凶手紧密联系在一起的姿势，那就是开车的姿势——坐在驾驶座上，双手伸向前方握住方向盘的姿势。"

"……开车的姿势？"

"是的。据冢本的二手车销售店的工作人员说，细田经常来店里，坐在展示车的驾驶座上玩得很开心，如果他在那个时候被杀害的话会怎么样呢？

"细田的后脑勺被一个直径一两毫米的尖锐圆形物体刺穿，死于延髓损伤。而且，根据尸检报告，凶器刺入的角度与后脑勺几乎垂直，上下左右的抖动几乎都是零度。如果细田坐在驾驶座上，凶手坐在后座上，凶手把手伸向细田的额头，一边往后拉，一边从驾驶座头枕和座椅之间的缝隙里伸出锥子或冰凿子，会怎么样？通过这个缝隙，凶器正好刺进驾驶座上细田的延髓附近。

"而且，要想通过缝隙，最好是将凶器与缝隙平行插入。因为如果产生倾斜角度，凶器就很可能与缝隙的上下边缘相撞，使瞬间的插入力度减弱。细田的后脑勺平行于头枕，垂直于头枕和座椅的间隙，所以如果将凶器平行插入间隙，就能几乎垂直地刺入细田的后脑勺，上下左右都处于抖动几乎为零度的状态。这个角度也证实了细田被刺时是坐在驾驶座上的姿势的推测。"

"啊，原来如此……"

"开车的姿势既不同于坐在椅子上的姿势，也不同于坐在沙发上的姿势。与坐在椅子上的姿势相比，背部向后倾斜，双腿向前伸直。背部倾斜的姿势与坐在沙发上的姿势相近，但不同的是，为了握方向盘，双手向前伸直。看到以这个姿势凝固的尸体，警方马上就知道死者是在开车的姿势下被杀，死后发生了尸僵。或者，细田在后脑勺被刺中后，双手握着方向盘，上半身向前倾，以脸贴在方向盘上的姿势断气，死后就这样僵硬了。他的姿势是双手握着一个圆盘状的东西，脸朝下，从上半身向前倾的姿势来看，一眼就能看出是开车的姿势。

"细田的车因为事故受损严重，已经送去维修，所以如果发现细田的尸体处于一种在开车的姿势，那么警方就会知道细田并不是在自己的车的驾驶座上被杀害的。而且，细田的驾照被吊销了，不能租车。这样一来，警方就会知道细田是在冢本的二手车店的车里被杀的，冢本就是凶手。所以冢本才会把细田的尸体肢解，让人弄不清他是死于什么姿势。"

"确实，冢本符合第三个条件……但是，第二个条件呢？冢本为什么要在犯罪后的七十二小时到九十六小时之前暴露细田的死讯呢？"

"画一条辅助线，就可以理解了。"

"辅助线？那是什么？"

"冢本一直暗恋着织江。"

"……他暗恋她吗？"

"是啊。八木泽打电话给冢本说织江跳轨自杀，问他细田是否在他那里。考虑到当时八木泽情绪过于激动，冢本很担心，就赶到了医院。但是，冢本之所以赶到医院，与其说是担心八木泽，不如说是担心织江的情况。这难道不是出于冢本对织江的暗恋吗？

"据八木泽说，细田和织江第一次见面是在冢本的二手车店。八木泽带着织江去棋友冢本的店里买车，恰巧细田来店里玩，他对织江一见钟情。在他的甜言蜜语下，两人半年后就结婚了。就像细田对织江一见钟情一样，冢本是不是也对织江情有独钟呢？冢本和八木泽是棋友，所以冢本应该比细田更早认识织江。在冢本看来，织江是被后来者细田抢走了。冢本也许是为了朋友才放弃的织江。但是，出于某种契机，冢本知道了细田对织江家暴而且拒不同意织江离婚请求的事。"

寺田聪回想起该事件发生在1999年，当时还没有出台《反家暴法》，该法2001年才开始实施。

"织江产生了自杀的念头。冢本或许隐约察觉到她有些不对劲，担心这样下去她可能会自杀……焦急之下，为了尽快解救织江，冢本选择了杀害细田。但是冢本还是没有来得及，因为几乎在杀死细田的同一时间，织江自杀了。"

"可是，如果冢本暗恋着织江，为什么要在犯罪后的七十二小时到九十六小时之前宣告细田的死讯呢？"

"为了在织江的葬礼上，恢复她的旧姓八木泽。"

"啊？"

"因为织江想要离婚，所以冢本想至少把她恢复成旧姓八木泽，这至少对织江也是一种安慰。但是，即使夫妻关系再怎么不好，只要丈夫还活着，在葬礼上也不太可能称呼她的旧姓。不能因为夫妻关系不好就称呼她的旧姓吧。但是，如果丈夫已经死亡，那么用旧姓称呼她的提议也就顺理成章地变得容易被接受了。为此，在织江的葬礼之前，必须让外界知道细田的死讯。

"织江是22日晚上11点50分去世的，所以在24日守夜，25日举行告别式比较妥当。而细田在22日上午10点左右被杀害。尸僵要完全缓解，是在七十二小时到九十六小时之后的25日上午10点到26日上午10点之后。如果等到那个时候才让警察发现尸体，又会多耗掉好几个小时，这样就无法在织江葬礼上使用旧姓。

"当然，推算的尸僵完全缓解的时间段是从25日上午10点到26日上午10点，身体的大部分都会解除僵硬状态。但是，凶手不知道身体各部位尸僵缓解的时间，所以不能选择等尸僵完全缓解后再让人发现尸体，进而宣告细田的死讯。"

所以，凶手把尸体肢解，让警察弄不清楚他究竟是死于何种姿势，然后让人在织江葬礼前发现细田已死亡。

"那么，我们来重构一下冢本的犯罪行为。冢本素来身体瘦弱，手无缚鸡之力，杀害细田只能采取出其不意的方法。考虑再三，他决定用凶器刺向坐在驾驶座上的细田的后脑勺。坐在驾驶座上的细田毫无防备，而冢本坐在汽车后座椅上也很自然，不会引起细田的怀疑。而且细田坐在驾驶座上，头部较为固定，很容易被凶器从后面刺伤。

"再者，如果冢本在其他地方行凶，抛尸时需要将尸体抬上车，但如果在驾驶座上杀害细田，只需要将尸体从驾驶座上移动一点儿距离就可以了。对冢本来说，汽车驾驶座就是理想的作案现场。作案当天的22日上午10点过后，冢本把细田叫到自己的店里。因为担心万一被员工看到就麻烦了，所以选择了固定休息日，也就是星期一这天。

"想来他应该是对细田承诺，他来店里可以随便开车。但因为细田的驾照被吊销了，在员工面前开车很不合适，所以选定店里的固定休息日——星期一，然后让细田自己也请带薪假。冢本让细田坐在他喜欢的那辆车的驾驶座上，自己也假装做着各种说明坐进后座。然后，在细田沉浸在驾驶的快乐中时动手杀死他。

到这里为止都按计划进行。之后冢本可能打算把尸体移到后备厢或后座，再去遗弃。但是，在这里发生了意想不到的事情。上午11点左右，八木泽给他的手机打电话，说织江跳轨自杀，问他知不知道细田在哪里。"

那个时候，细田已经变成一具尸体，摆在冢本面前。这对冢本来说是多么毛骨悚然啊！

"对冢本来说，织江的存在非常重要，甚至可以成为他杀害细田的理由。冢本惊慌失措，急忙赶往医院，细田的尸体就那样留在车里。冢本打算从医院回来后就开车去遗弃，所以没有特意从车里把尸体移出来藏在别的地方。而且那天是店里的休息日，没有员工，也没有客人，没有人会看到车里的情况，所以他觉得大概没什么问题。而且，他可能觉得过不了多久就能回来。

"但是，织江伤势严重，冢本没能马上从医院回来。晚上11点50分，织江停止了呼吸。之后冢本一直陪伴在八木泽身边，23日凌晨1点左右他将八木泽送回了家。好不容易回到现场的冢本，发现细田的尸体已经僵硬，保持开车的姿势一动不动了。

"冢本意识到不能就这样弃尸。只要警察稍微调查一下，马上就会知道细田有时会来冢本的二手车店驾驶汽车。因为有员工看到过，所以无法隐瞒。警察一定会识破细田被杀的地方是冢本店里那辆车的驾驶座，锁定冢本就是凶手。

"那么，等到尸僵状态缓解，会怎么样呢？冢本一开始肯定是这么想的，他一定调查过要花多长时间尸僵才能缓解。他了解到尸僵在死后四十八小时到六十小时才开始缓解，死后七十二小时到九十六小时才能完全消失。冢本在知道这个情况的时候，内心一定很绝望吧。

"为了在葬礼上不让织江用细田的姓，必须在织江葬礼前宣告细田的死讯。但是，如果等尸僵完全消失再让人发现尸体，就赶不上葬礼之前了。思来想去，冢本决定将细田的尸体肢解，让人弄不清他的死亡姿势，然后再被人发现。

"冢本把细田的尸体从驾驶座移到后备厢或后座，然后开车回了家。他在浴室里把细田的衣服切开剥掉，将尸体肢解，之后遗弃在荒川的河滩上。这样一来，分尸就会被误认为是为了方便搬运，从而掩盖分尸的真正目的。当时为了能让警察马上查出尸体的身份，冢本把装有信用卡的钱包一起放进了行李箱里。

"细田的尸体是在23日早上被发现的，而且凭借信用卡信息很快就确定了身份。八木泽在得知女儿死亡、女婿被杀的消息后，顿时茫然若失，只好由冢本负责守夜和葬礼的安排。想必当时的冢本一定曾向八木泽提议，在葬礼上不要叫她细田织江，而是恢复八木泽的本姓吧。八木泽和冢本都说用八木泽的姓来称呼织江是八木泽的意思，但既然八木泽处于茫然自失的状态，那么我们也可以认为实际上是冢本的意思。就这样，冢本把暗恋的女人从细田手中解放了，哪怕只是在姓氏上。"

那是一种病态的爱吧。寺田聪回想起白天看到的其貌不扬的冢本。对他来说，那确实是爱的行为。

"可以逮捕冢本吗？"

"我打算向搜查一课提供情报，但可能很难。犯罪现场那辆

将死亡切成十份　133

车的驾驶座上也许沾有微量血液,但那辆车早就被处理掉了吧。"

寺田聪想,难道冢本在杀人后的十五年里,就从来没有后悔杀了自己的朋友吗?难道他就从来没有怀疑过自己的行为是否真的是为了一个暗恋的女人吗?难道他就没有意识到自己所做的一切,充其量都不过是为了自我感动和满足吗?

但这已经超过一个警察该问的范畴了。

孤独的嫌疑人

1

那天早上,我像往常一样在7点钟醒来。

我走到客厅里的佛龛前,双手合十,凝视着沙耶的遗像。照片中二十多岁的沙耶笑靥如花地看着我。看着她的笑容,我的耳畔仿佛又回响起了她那爽朗的笑声。

随后,我去洗手间洗脸,用剃须刀和剃须膏来修理夹杂着白色胡须的八字胡和络腮胡。记得两年前我刚开始留胡子的时候,怎么都觉得这胡子很奇怪,但现在若没有八字胡和络腮胡,反倒觉得不自在了。

收拾妥当之后,我戴上眼镜,打开玄关门走到走廊上。

雨静静地下着,无数细小的水滴从阴霾的天空倾泻而下,眼前的街道和遥远的横滨港都笼罩在蒙蒙细雨中。眼前的一切都提醒我回忆起昨天的新闻——关东地区已经进入梅雨季节了。

坐电梯下到一楼大厅。当我拿起邮箱里的报纸准备进电梯上楼时，中田英子恰巧从打开的电梯门里走了出来。这位六十多岁的女性就住在隔壁的708号房间。一大清早就打了个照面，我们便互相寒暄了几句。

"久保寺先生，你明天参加俳句[1]会吗？"中田英子问道。

"有这个打算。"我点了点头。

"久保寺先生最近进步很大呢！"

她说完，不好意思地笑着说："对不起，有点儿大言不惭了……"

"不，能得到中田夫人的认可，是我的荣幸。"

她是我所在的俳句会的前辈会员。

"久保寺先生是从什么时候开始创作俳句的？"

"三四年前吧。本来家妻就很喜欢，受她的影响，我也就开始尝试着学习了。妻子对我要求很严格，总是要我修改很多地方。我也一直在努力创作能让妻子称赞的句子……"

"您有个好妻子啊！"中田英子平静地说。

"对于我来说，俳句也寄托着我对亡妻的思念。在她病逝之后，我一个人住在没有她的家里感到很痛苦，所以才搬来了这个公寓。"

其实，沙耶并不是病逝，而是自杀。但是，那件事我没有说出口。回想起当时的情景，至今都令我心如刀割。

"那明天的俳句会见。"说着，我进了电梯。

我用沙耶用过的菜刀、砧板和平底锅，做了培根煎蛋和蔬菜沙拉。我烤好面包，把橙汁倒在杯子里，一个人吃了早饭，然后

---

[1] 日本的一种定型短诗。

用咖啡机冲了杯咖啡，把报纸摊放在桌子上看了起来。

藤白市。当这个城市的名字突然映入眼帘，我不禁打了个激灵。

藤白市……当然，和那个藤白没有关系。但一看到这个名字，我就无法保持平静。

二十四年前，我杀了一个叫藤白亮介的男人。

*

藤白亮介是我的同事，我们曾在一家贸易公司——冲野上产业的材料课一起工作过。他是一个身材颀长、温润如玉又有少爷风度的男人。他喜欢运动，性格随和，上司对他的印象很好，自然他也很受女同事的喜欢。

我迷上了赛马，仗着自己还是单身，经常把大半工资都投进去。所以，存钱什么的是不可能了。有一次，我在府中赛马场输光了所有的钱，黯然地站在回家的车站站台上。我一直在为如何活到下次发工资而苦恼。就在这时，藤白跟我搭话了。

听我讲述了自己的窘境后，藤白主动提出可以借给我五万日元。我惊讶地想要拒绝，他却微笑着说："看到别人有困难，我是不会袖手旁观的。我还有不少积蓄，借给你五万左右还是没问题的。"

听说藤白的父辈好像是资本家，于是我便感激地接受了他的好意。第二天午休时，藤白偷偷地把装在信封里的五万日元递给我，还不忘叮咛道："什么时候还都行。"应藤白的要求，我给他写了张借条。

藤白倒是没有催促过还款，但我却以此为开端向他借了好多次钱，每次都是五万日元左右。

那是我借钱一年之后的3月13日。我正准备下班，藤白问我："要不要陪我喝一杯？"

见藤白的左手中指缠着绷带，我便问他怎么搞的。他只是笑着说："打篮球的时候不小心戳到了。"

他从中学时代就开始打篮球，直到现在还在业余球队打球。身高将近一米八的藤白很适合打篮球。

进居酒屋后没多久，我们聊起了前一天材料课颁发"最佳表现奖"的事。这个奖是给本年度表现最出色的部门准备的，拿到这个奖，意味着这个部门的全体成员每人都可以得到二十万日元的奖励。我们材料课因为降低采购成本而受到了高度评价，所以能拿到二十万日元我感到很开心，但更开心的是工作得到了认可。作为项目组长的我，也曾被人私下询问是不是快要晋升主任了。

这个话题结束时，藤白开口道："对了。"

他接着说："我借给你的钱也差不多该还了。"

在那之前，我都快忘了自己还欠着藤白钱的事了。

"啊，是啊，多少钱来着？"

"正好一百万日元。"

"借了这么多！先从最初借的五万日元开始还吧。"

藤白露出奇怪的笑容："全部哦。"

"啊？"我忍不住回问。

"我希望你能全部还清。"

"不,虽然我很想这么做,但一下子全还清的话……"

"那么,你打算每次都给我五万日元,一点一点地还给我吗?这样到底什么时候才能还完呢?"

虽然藤白的声音始终很平静,但字里行间却让人感到一丝丝凉意。我一时语塞,陷入了沉默。这时,藤白脸上又露出了那柔和的笑容:"一百万日元,借白领金[1]不就行了吗?把借的一百万日元一分不少地交给我,你再一点一点还白领金就行了。"

这可不是开玩笑。从白领金那里借一百万日元,简直是无稽之谈。我的脸僵住了。

"明天晚上10点,你能来我的公寓还一百万吧?在那之前,你可以先用白领金借点儿钱。"

藤白一边说着这顿饭就拜托你了,一边站了起来。

*

第二天白天,我满脑子都是还钱的事。抛开白领金不谈,父母五年前就去世了,我连一个亲戚都没有,没有可以依靠的对象。唯一的资产是父母留给我的一栋三十年房龄的房子,但一时也无法换成钱。

我工作完全不在状态,不断地犯低级错误,被课长警告了。

---

[1] 白领金是一种金融贷款。

孤独的嫌疑人

藤白知道我心不在焉的原因，不时投来嘲讽的目光。

我下午6点后就下班了。虽然同事们还在工作，但我已经无法再忍受满脑子都是烦恼地工作了。

藤白的公寓在南品川，就在公司附近。到10点拜访他之前，我一直待在附近的咖啡店里。我点了三明治和咖啡，但因为没有食欲，几乎没有动。

到了10点，我去了藤白的公寓。

"哎呀，你来了。"

和在公司时完全不同，藤白一脸不高兴地出来迎接。难道发生了什么不愉快的事吗？我不知所措。

一进玄关就看到了二十五平方米左右的餐厅，相当宽敞。屋里摆着餐桌、椅子、茶几和沙发，地上铺着米色的地毯，对面那扇门里面还有一个房间，所以应该是一室一厅。

考虑到南品川的地理位置，房租应该很可观。

我注意到厨房水槽前放着一把椅子，应该是为了伸手去拿水槽正上方橱柜里的东西，用来垫脚的。

在藤白的礼让下，我在沙发上坐下。藤白坐在茶几对面的沙发上。

"你准备好一百万日元了吗？"

我深深地低下了头。

"……对不起，还没有。能不能再等等，我每次发工资的时候都会拿出一半来还钱，能不能再宽限一段时间？"

藤白面无表情地拒绝了。

"必须全部还清。"

"再怎么说也太急了吧？如果你非要这样的话，我就向总务报告，说你在向同事放贷。"

虽然这并不是借到钱后反咬一口才会说的话，但忍无可忍的我还是轻轻地威胁了他一下。

"随你的便。总务三好课长会说你沉迷赌马不对，一定会站在我这边的。毕竟，我借给他很多钱。"

"……三好课长也有吗？"

"是啊，不仅是三好课长，咱们公司的很多人都向我借过钱。"

藤白若无其事地说。

"……为什么要这么做？"

藤白没有回答，露出了温柔的笑容。他的表情和言行完全不一致。我明白了，这个男人喜欢看别人痛苦的样子。所以，他最初会借出一笔数额不大的钱，不逼迫对方偿还，让对方放松警惕，接着诱使对方一次又一次借钱，等金额变大，变得负债累累后再逼迫对方偿还。然后，看到对方痛苦的样子就会很高兴。

我为什么没有早点儿发现呢？早知道他是这样的人，我是绝对不会向他借钱的。

"对了，你好像很喜欢总务课的森野沙耶？"

藤白突然想起什么似的问道。

"啊，啊！"

"好像约会过几次？"

"你为什么这么说……"

"把钱借给别人的话，会得到各种各样的信息。我想到一个好主意，要不然我把你欠了一屁股债的事情告诉森野？"

"……你说什么？"

我茫然地看着他。藤白带着少爷般的笑容说："干脆我就直接告诉她，和你这样的男人交往没有什么好的。森野是个好姑娘，我可无法眼睁睁地看着她遭遇不幸。你也这么觉得吧？"

"别这样。"

"我决定明天就告诉她。女同事都很信任我，她应该会毫不犹豫就相信我的。而且，据我所知，她——"

恐惧和愤怒一瞬间爆发了。我双手拿起放在沙发前茶几上的热水壶，扔向坐在对面的男人。热水壶打在藤白的脸上，只听他惨叫一声，捂着脸蹲了下来。我又重新拿起滚到地板上的热水壶，往他头上一挥。随着一阵讨厌的声响，藤白向前倾，倒在地板上，随后完全躺倒下去。

时间仿佛静止了。我呆呆地站了好几分钟，直到脚下的地板发出哐当一声重响，这才回过神来。原来是拿着的热水壶从手中滑落下来。

只见藤白一动也不动，眼睛睁得大大的，怔怔地躺在地板上。我蹲在一旁，战战兢兢地握住藤白的右手摸了摸脉搏——没有脉动，又慌忙把手放在藤白的左胸上——没有心跳。

我犯了大错，我杀了藤白！我感到自己的脚下在崩塌。此时此刻，我该怎么办？

冷静下来，我对自己说，冷静思考一下。

首先应该考虑的是警察会不会怀疑我。如果藤白借钱给我的事被发现，我应该是第一个被怀疑的人。但是，藤白说我们公司的很多人都向他借过钱。这样一来，候选的嫌疑人就会有很多。

话虽如此，我仍然是候选嫌疑人之一，这一点不会改变。那么，不如准备一个有力的嫌疑人。

比如，伪装成藤白留下凶手的名字。

我最先想到的是刚才藤白提到的总务课的三好课长。我讨厌他，因为他经常骚扰部下沙耶，我曾听沙耶为此发过牢骚。虽然我知道并不是留下三好课长的名字警察就会逮捕他，但是哪怕这样让他吃点儿苦头也好。

环顾四周，我发现房间角落的电话架上放着便条纸和圆珠笔，就用这个吧。

我垫着手帕，用左手拿起圆珠笔，在便条纸上用平假名写下"三好"。

因为是用不常用的左手写字，所以颤抖得难以辨认，但也正因为如此，警察应该看不出是我的笔迹。

然后我把藤白的尸体拖到电话架前，让尸体趴着，右臂向前伸，右手握着圆珠笔，然后在圆珠笔下面放了一张便条纸。濒死的藤白拿起放在电话架上的便条纸和圆珠笔，趴在地板上写下凶手的名字，然后断气——看起来是这样的吧？

根据我以前在公司的观察，藤白应该惯用右手。也许有人会觉得笔迹和藤白平时写的不一样，但既然是在濒死状态下用颤抖

孤独的嫌疑人　145

的手写的，稍有不同应该也不奇怪。

接下来，必须擦去我的指纹。我拿起厨房里的抹布，把地上的热水壶擦得干干净净，还擦了擦我在沙发上碰到过的地方和门把手。

我突然有些好奇，就去里面的房间看了看。这里应该是卧室，放着床和衣柜。里面空无一人。接着我又看了看洗手间和浴室，这里也没有人。我松了一口气，用手帕包着门把手，打开门，来到走廊上。

走廊里空无一人，一片寂静。我悄悄地走下楼梯。

下楼的途中，脑子里突然回想起厨房水槽前放着的椅子，这时觉得有些难以理解。我原本以为那是藤白伸手去拿水槽正上方橱柜里的物品时用的踏板，但仔细一想，藤白的身高应该够得着橱柜。

既然如此，为什么要用椅子来当踏板呢？还是说，使用椅子的是其他更矮的人？但是，在藤白的房间里，会有其他人需要伸手拿橱柜的物品吗？拜托藤白不就行了吗？

虽然我无法理解，但事到如今也没有勇气回去确认。至少刚才房间里肯定没有其他人。如果是这样的话，就那样放着应该也没有任何问题。

比起这个，接下来该怎么办好呢？虽然候选嫌疑人有很多，我也做了一些手脚，让警察对总务课的三好课长产生怀疑，但是自己没有不在场证明，心里还是感到不安。

之后能不能制造不在场证明呢……

走下楼梯，穿过昏暗的入口。路上一个人也没有。我快步走了起来。

2

红砖砌成的三层建筑，静静地矗立在雨中。

打着伞从三鹰站走过来的寺田聪，不由得被它的身影迷住了。天气晴朗时，这栋建筑显得有些破旧，但在雨中观望，却别有一番风情。

寺田聪收起伞，打开正门走了进去，和从右边门卫室出来的大冢庆次郎打了个招呼。大概是听到了寺田聪的声音，保洁员中川贵美子从左边的洗手间走了出来。

"真是个水灵灵的好男人！"

中川贵美子一看见寺田聪就笑了。然后从腰上的包里掏出一颗糖，劝他说："下雨天要吃糖哦。"这是一个过于无聊，连笑都觉得累的笑话。寺田聪像往常一样拒绝并道谢后，走进了助手室。

寺田聪向已经在隔壁馆长室端坐多时的绯色冴子打了声招呼，就回到助手室继续昨天下班前未完成的工作——粘贴二维码标签。

寺田聪被调到警视厅附属犯罪资料馆已经一年零四个月了。这段时间，他每天都在馆内为保管的遗留物和证物贴二维码标签。

现在重新开始贴标签的是1990年3月14日南品川公司职员被杀案件的遗留物品和证物。

被害人叫藤白亮介，年龄三十二岁，在一家叫冲野上产业的专业商贸公司工作。3月15日早上，房东来到公寓时发现了尸体。

藤白趴倒在客厅电话架旁边的地板上，脸部有瘀伤的痕迹，死因是头部被打造成的脑挫伤。地上有一个热水壶，那必定就是凶器。凶手应该是先用热水壶打到被害人的脸上，然后用热水壶砸中蹲在地上的被害人的头部。从将被害人家中的热水壶作为凶器来看，凶手应该是一时冲动犯下的罪行。推定死亡时间是前一天，也就是14日晚上10点到11点之间。藤白的左手中指缠着绷带，检查后发现是戳伤。

藤白右臂向前伸直，右手紧握着圆珠笔。圆珠笔下面有一张便条纸，上面用颤抖的字体写着什么。凶手逃跑后，濒死的藤白拿起放在电话架上的便条纸和圆珠笔，趴在地板上写下凶手的名字，然后就断气了。便条纸上的文字是平假名，读作"三好"。

厨房水槽前放着一把椅子。餐桌前也有一把同样的椅子，所以应该是把餐桌前的两把椅子中的一把搬到了水槽前。

是谁，又为什么要移动椅子？水槽的正上方是橱柜，由此推测应该是个子矮的人想要伸手去拿水槽正上方橱柜里的物品，需要垫脚才搬来了椅子。

但是，藤白身高将近一米八，即使没有垫脚的椅子，手也能够到柜子。这样一来，移动椅子的应该是藤白之外的人。藤白之外的人——是凶手。

那么，凶手想拿走柜子里的什么东西，或者往柜子里放什么东西呢？搜查员站在椅子上往柜子里看，发现里面放着一个带拨盘锁的金属盒。搜查员从柜子里拿出盒子，想要打开，但不知道拨盘锁密码，最后只好撬开。

金属盒里面装着一本笔记本和一叠借条，那是藤白借钱给冲野上产业员工的记录。笔记本上详细地写着借出的对象、日期、金额。

向藤白借钱的人多达三十三人，分布在公司的各个部门。每个人每次的借款金额都是一万日元到五万日元不等，数额很小，但日积月累，已经是一笔不小的数目了。

凶手是为了寻找这个笔记本和借条才搬来椅子搜索柜子的吗？如果是这样的话，为什么把盒子放在那里不带走呢？如果看到了带拨盘锁的盒子，应该会认为里面有重要的东西，比如借钱的记录之类的。

有搜查人员说，说不定凶手打开了盒子，窜改了里面笔记本上的内容，擦掉了自己的名字，并且把自己的借条抽走了。但是，鉴识课的调查结果显示，笔记本上的字完全没有被擦掉的痕迹。另外，笔记本上的名字和欠条完全对应，没有欠条不翼而飞。

高个子的藤白没必要搬椅子来垫脚，但如果是凶手，就不可能把箱子放着不管——这个奇怪的谜团让搜查员很烦恼。

不管怎样，藤白借钱给冲野上产业的员工这一事实，可以解释藤白被杀害的原因。凶手可能是借了藤白的钱，被藤白要求偿还才去他家，结果在那里发生纠纷，一时冲动杀害了藤白。

写在便条纸上的名叫"三好"的人也在这三十三人之中，是总务课课长三好久雄。

搜查组最先对三好进行了调查。三好承认向藤白借钱，但否认杀了藤白。他说藤白从来没有缠着他还款，而且马上就要全部还清了，所以没有理由杀他。三好认定自己是被凶手陷害的，案发当晚10点到11点，他在千叶市的家里。妻子和两个孩子也证明说三好在家，但因为是家人的证言，可信度很低。

但是，无论盘问多少次，三好的主张都没有改变，而且事实上他也有足够的钱可以马上偿还债务。不久，搜查人员中也有人提出，三好可能是被凶手陷害了。接着，鉴识课人员详细检查了现场地板，发现藤白的身体似乎是被人从沙发拖到电话架旁边的。地毯上沾有微量的血液，从附着的方式来看，藤白应该不是自己爬到电话架旁，而是被凶手拖过去的。凶手的目的只能是将现场伪装成藤白自己拿过电话架上的便条纸和圆珠笔的样子。

这么说来，便条纸上写的"三好"也是凶手伪造的。至此，三好被释放了。

搜查人员还调查了笔记本上留有名字的其余三十二人。他们都承认向藤白借了钱。而且，晚上10点到11点，也就是作案的时间段，几乎所有人都在家，只有极少数人有明确的不在场证明。单身的人当然没有不在场证明，家人的证言也不可靠。

搜查组认为凶手就在这三十二人之中，于是对他们进行了彻底调查，但没有找到决定性的线索。对藤白居住的公寓及周边人员进行讯问，也没有取得明显成果。

与当初的预想相反，调查持续了很长时间，两年后，搜查本部解散了。2005年3月14日凌晨0时，案件诉讼时效到期。

*

寺田聪正专心地在助手室贴着二维码标签。这时，通往馆长室的门开了，绯色冴子突然走了进来，吓了寺田聪一跳。

"现在正在贴标签的是1990年3月南品川公司职员被杀案吗？"绯色冴子问道。

"嗯。"寺田聪回答。

"重新调查这起案件。"她说。

到目前为止，寺田聪根据绯色冴子的指示，重新调查了八起悬而未决或因嫌疑人死亡而终结的案件。而被搜查一课扫地出门的寺田聪能调到犯罪资料馆，似乎是这里的馆长绯色冴子一手促成的。因为即使是说奉承话也不能说绯色冴子有沟通能力，她不适合做讯问工作，所以需要一个得力的助手。

"……重新进行调查，是不是发现了什么新的疑点？"

"嗯，我觉得已经锁定嫌疑人了。凶手很有可能就在藤白所在的材料课同事之中。

"从向藤白借钱的人的供述来看，藤白让他们还钱的时候有一个共同的模式——起初他不提还钱的事，不断地把钱借给他们，然后有一天，他突然要求全额还款。"

绯色冴子把手上的搜查文件放在助手室的工作台上，打开文件，用手指着那些借钱人的证词。

> 那个男人在我最紧张的时候要求还款。我刚刚被提拔为销售部门的负责人，而且那时我的孩子刚出生，就要求我把五十万日元全部还给他。于公于私，我那时的开销都很大，所以我请求他能不能不一次还清，而是分期还款，但他怎么也不答应……

> 那是我刚当选课长的时候。因为我是我们事业部里的第一位女课长，所以当时引起了很大轰动，我当然也非常高兴。结果，藤白来找我，先恭喜我，然后说趁这个机会，让我把七十万日元全还回来……

"看了这些证词，我发现藤白提出还款的时间有共通性。"

"你的意思是，当借钱的人有高兴的事情时，要求他们还钱？"

"没错。"绯色冴子点了点头。

"进一步说，就是公司内部的晋升和加薪。藤白大概是通过借钱给公司各个部门的人，获得了公司内部各种各样的信息。而且，他很可能早就知道当事人升职加薪的消息，在当事人最幸福的时候，突然要求当事人还钱，让当事人感到为难，并以此为乐吧。那么，凶手在案发之前，应该也发生过类似升职加薪之类的公司内部事件。我读了向藤白借钱的三十三个人的陈述，结果发现了可疑的地方。"

"什么地方？"

"冲野上产业有一个'最佳表现奖'的奖项，授予业绩表现最好的部门，事发两天前，藤白所在的材料课正好获得了这个奖项。而且，在案件发生后的一个月内，除了被杀的藤白，材料课的所有人都获得了某种晋升或被调到了想去的部门。"

"原来是这样啊！"

"而且，材料课除藤白外的四名成员全都在那三十三人之中。藤白很早就知道了四人的晋升和调动的内幕，认为这是要求偿还全部借款的最好时机也不奇怪。当然，让他们还钱的日期应该也各不相同。"

真是大胆得可怕的推理。如果在搜查一课如此推理的话，应该会被臭骂一顿吧。但是，多亏了绯色冴子的大胆推理，确实解决了多起悬而未决的案件。

"我知道了。我们以材料课的四个人为对象，再次进行调查。"

从三十三名嫌疑人缩减到四个人，这已经是很大的进步了。材料课的四人分别是课长江岛光一、久保寺正彦、原口和子、泽本信也。寺田聪总结了这四个人案发当晚的活动轨迹。

下午6点过后，久保寺和泽本下班。江岛、原口、藤白继续工作，晚上8点前下班。之后江岛、原口、藤白走出公司，一起走在前往京滨快车新马场站的路上。他们在途中经过藤白的公寓，藤白在那里和他们分开了。

藤白的推定死亡时间是晚上10点到11点，江岛、原口和泽本三人都在自己家里。江岛已结婚，其妻子说丈夫在家，但因为是家人，可信度较低。原口和泽本是单身，没有不在场证明。

唯一有不在场证明的，就是久保寺正彦。久保寺也是单身，晚上10点半左右，他去位于埼玉县朝霞的居住地附近的便利店买东西，监控摄像头拍下了他的身影。从位于南品川的藤白家到位于朝霞的久保寺家，开车要四十分钟左右，搭电车和步行要一个小时左右，所以就算10点整杀害藤白，10点半左右便利店的监控摄像头也拍不到他。监控录像也不可能是其他日期的，视频里还有店员和其他熟客。警察也向他们确认了情况，证实监控录像确实是3月14日晚上10点半左右的。可以说，只有久保寺有不在场证明。

"如何进行重新调查？"

"首先去冲野上产业，调查一下1990年3月的人事变动。把藤白笔记本上的名字和当时升职或加薪的员工名单对照一下。如果确认重合的只有材料课的四个人的话，我会和江岛光一、原口和子、泽本信也见面。我有事情想和他们见面确认一下。"

"你想确认什么？"

绯色冴子没有直接回答，而是说："我会和你一起去。"

这是她第四次一起重新搜查。她以前都是派寺田聪去处理讯问工作，自己一动也不动，难道现在是心态上发生了什么变化吗？寺田聪完全想不明白。

3

雨从早上开始就一直下个不停。透过紧闭的窗户，可以听到静谧落下的雨声。透过蕾丝窗帘看到的天空有些昏暗。

桌子上并排放着两台显示器，上面显示着好几张股票信息图表。我一边看着股票信息，一边向证券公司发送买卖指令。

早上在报纸上看到藤白这两个字，不由得想起了二十四年前的那件事。因此，我总是无法集中精力工作。日间操盘手的工作靠的是瞬间爆发力，如果不能集中精神，就无法发挥爆发力。

没办法，休息一下吧。我从工作室走到客厅，冲了一杯咖啡。从碗柜里拿出写着Masahiko[1]的马克杯，倒上咖啡。把写着Saya的马克杯也并排放在桌子上，两个马克杯凑成一对。

我看了看摆放在佛龛上的沙耶的遗照，穿着白色连衣裙的

---

[1] Masahiko是正彦这一名字的罗马音，后文的Saya是沙耶名字的罗马音。

她，笑着看着我。温柔的眼睛，小巧的鼻子，笑的时候最好看的嘴唇。我想再一次用手抚摸她的脸，听那无忧无虑的笑声。

玄关的门铃声让我回过神来。通过可视门铃监视器，我看到一对从未见过的穿着西装的男女。原以为是来布道传教的，但感觉气氛完全不同。

"你好。"我对着对讲机说。

"您是久保寺正彦先生吗？"男人说。

"是的。"

男人拿出徽章一样的东西，对着摄像头举了起来。是警察证。

"我是警视厅附属犯罪资料馆的人。我们想了解一下关于1990年3月藤白亮介先生被杀案件的有关情况。"

心跳瞬间加速。

"你们还在调查那起案件吗？我还以为很久以前就过了诉讼时效了……"

"当然，诉讼时效已过。我们拜访是为了确认案件中的几个事实关系。我们所属的警视厅附属犯罪资料馆，是保管案件证物、遗留品和搜查文件的部门。"

我问自己该怎么办。我有不在场证明，没关系，我自言自语着。"我知道了。"我对着门铃说完，走到玄关打开了门。夹杂着湿气的风吹了进来。

真是奇怪的两个人。男人三十岁左右，身材高大，面容十分俊俏。女人的年龄不详，身材苗条，皮肤白皙得近乎病态，长着一张洋娃娃般冷峻端正的脸，戴着一副无框眼镜。

不知怎么的，男人脸上浮现出一丝惊讶的神色。女人用大大的眼睛几乎一眨不眨地盯着我。我感到一阵压力袭来，把两人带进客厅。

"是您夫人吗？"

男人看着摆在佛龛上的沙耶遗照问道，声音有些僵硬。

"是的，这是我妻子年轻时的照片，两年前她因病去世了。"

我没有说她是自杀的，那是一段过于痛苦的记忆。

在桌子前面坐下后，两人拿出了名片。男人叫寺田聪，女人叫绯色冴子。两人都是警视厅附属犯罪资料馆的，绯色冴子是馆长。

寺田聪环视了一下客厅。

"您的居住条件真不错。不好意思，请问您是做什么工作的？"

"我是股票日间操盘手，两年前从公司辞职后开始干这份工作的。"

"这是很难的工作啊，是不是打扰到您的工作了？"

"没关系，我正在休息。你想确认些什么呢？"

"我想再确认一下您在藤白被杀的3月14日晚上的活动轨迹。"

"都是二十四年前的事了，我记不太清楚了。多亏便利店的监控摄像头拍到了我的不在场证明，我想当时我应该很快就被排除在嫌疑人之外了……"

"根据搜查文件记录，3月14日下午6点后您从公司出来，回到位于朝霞的家。"

"确实是这样。"

"然后,您在10点半左右去附近的便利店买东西,被监控拍了下来。藤白被杀的时间是10点到11点之间,从位于南品川的藤白家到您居住的在朝霞的家,开车要四十分钟左右,搭电车和步行要一个小时左右,所以就算10点整杀害藤白,10点半左右也不可能被便利店的监控摄像头拍到。"

"对了,我想起来了。那天去便利店买东西真是太幸运了,因为这证明了我不是凶手。"

"不,你就是凶手。"

一直默不作声的绯色冴子突然开口。声音很低,没有任何感情。

"我是凶手?怎么可能?我有不在场证明。"

绯色冴子没有回答,只是盯着我。这个女人也是警察吗?二十四年前,对我进行调查的警员虽然也咄咄逼人,但至少让我感受到相应的人情味。但是,这个女人和他们完全不同。她冷冰冰的,让人感觉不到一丝人情味,有种莫名的压迫感。

"不要血口喷人!你凭什么说我是凶手?"

我提高了声音。绯色冴子终于开口了。

"我注意到藤白要求还钱的时间有共通性,因此推理出凶手就在材料课的成员之中。"

绯色冴子表示,材料课的所有成员都欠了藤白的钱,事件发生之前材料课获得了"最佳表现奖"。之后的一个月内,除了被杀的藤白,材料课的所有人都得到了升职或调到自己想去的部门。而向藤白借过钱的员工里,那段时间其他人身上都没有发生这样的事,这就是他们推理的根据。我第一次理解了藤白为什么在那个时候让我还钱。

"那么,藤白以外的材料课的四个人中,谁是凶手呢?我注意到的是厨房水槽前放着的椅子。这看起来像是为了伸手去拿水槽正上方橱柜里的物品,所以用椅子当垫脚。但是,这样一来就会产生一个问题:身高将近一米八的藤白,伸手去拿橱柜里的物品应该不需要垫脚。那么,是另一个人——凶手为了寻找借款证据,想要伸手去拿柜子里的东西吗?但如果是凶手的话,肯定会把记录借钱对象的笔记本和装有借条的金属盒拿走。事实上,所有东西都没有被拿走,那么就说明不是凶手用的椅子。"

二十四年前的那个晚上,杀害藤白后,走下公寓楼梯的途中,我也发现水槽前摆放的椅子很不自然。当时我没有勇气回房间去确认,又觉得放着不动应该没有问题,就离开了,那把椅子到底有什么意义呢?

"对于这个谜题,我想到了一个答案——藤白的右肩受伤了,不能把胳膊抬到一定高度以上。即使个子很高,如果抬不起胳膊,就和矮个子没有什么区别。当然,即使一只胳膊抬不起来,用另一只胳膊也可以,但根据尸检报告,藤白的左手中指戳伤了,这样就无法用左手抓住东西,只能用右手拿东西。在这种情况下,如果右胳膊不能抬到一定高度以上,从柜子里拿东西就需要垫脚了。

"而且,尸检报告显示无法判明右臂不能抬起的受伤原因,那可以考虑右臂受的是外部很难判断的伤——扭伤。藤白先生的

孤独的嫌疑人　159

右肩扭伤了。"

我想起那天晚上藤白的样子，和在公司时完全不同，看起来很不高兴，难道是因为扭伤了？而且，我还想起案发前一天在居酒屋，藤白说他打篮球时左手中指被戳伤了。

"凶手到来之前，藤白先生从柜子里拿出了盒子，检查了笔记本和借据。再把这些东西收进盒子，放进柜子里，正要把椅子放回去的时候，凶手来了。因此，椅子就没有被放回去。话说回来，如果藤白扭伤了右肩，就不可能向前伸出右胳膊写下凶手的名字。由此可知，凶手并不知道藤白右肩扭伤这一事实。如果他知道，应该伪装成左胳膊向前伸展，而不是右胳膊。即使左手中指戳伤了，也可以伪装成用食指和拇指夹着圆珠笔记下凶手的名字。

"凶手不知道藤白右肩扭伤，意味着藤白没有告诉凶手扭伤的事，而且扭伤的事也没有在凶手眼前发生。那么，藤白是在什么时候、什么地方扭伤的呢？藤白没有用绷带或膏药。也就是说，没有去医院。这意味着他可能是在案发当晚医院关门后的时间里扭伤的。藤白在公司待到晚上8点。医院门诊一般7点关门。因此，可能是在7点后到8点前在公司里，或者是在回家的路上，或者是在家里扭伤的。

"材料课的同事中，久保寺和泽本先生下午6点后就下班了。于是，我们找到了继续留下来加班的江岛光一以及原口和子。听了他们的陈述我才知道，江岛、原口、藤白8点左右一起下班时，藤白一脚踩空了楼梯，好在立刻抱住了扶手。据说当时扭伤了右肩，想去医院门诊，但已经关门了，由于没有伤到叫救护车的地步，他们就这样分开了。江岛他们觉得这件事应该跟案子没什么关系，就没有把藤白扭伤的事告诉搜查人员。"

我感到口渴。绯色冴子的推理会到哪里，现在已经很清楚了。

"江岛和原口都知道藤白扭伤的事，所以凶手应该是下午6点后下班的，也就是不知道藤白扭伤的久保寺先生和泽本先生。"

"所以，你推断我是凶手吗？但我有不在场证明，请不要忘记这一点。"

绯色冴子和寺田聪都没有回答，只是目不转睛地看着我。

"10点半左右我家附近的便利店的监控摄像头拍到了我，如果我10点钟杀了藤白，10点半左右朝霞便利店的监控摄像头就绝对拍不到我。还是说，从藤白家回到我家，用什么方法可以不到半小时就能到达？又或者，便利店的监控录像其实是另外一天拍的？"

两人还是不回答，只是看着我。雨声似乎更大了。过了一会儿，绯色冴子用毫无感情的声音说道：

"有不在场证明的是久保寺，但是你没有不在场证明——对吧，泽本信也先生？"

*

我沉默了片刻，笑了起来。

"你说什么，我是久保寺。"

"你是泽本先生。江岛光一给我们看了材料课所有成员的

孤独的嫌疑人

照片。"

"照片?"

"根据刚才的推理,我们把凶手锁定在泽本先生身上后,就打算去见他。但是,泽本先生从冲野上产业辞职了。我根据公司记录的地址,去了他住的公寓,但是房东告诉我,泽本先生在两年前的某一天从房间里消失了。泽本先生是单身,也没有亲人,等了半年之后,房东才把房间里的东西全部处理掉。最后,我们决定去见久保寺。

"久保寺有不在场证明,不可能是凶手,但我想他可能知道泽本先生的行踪。久保寺先生也辞职搬家了,但是查看户籍记录,就能找到搬家后的地址,这对我们来说很容易。"

绯色冴子在那里盯着我。

"但是,我在这个地址见到的是你,泽本先生,我们故意把你当成久保寺来对待,于是你就继续以久保寺的身份表演。很明显,你想让别人认为你是久保寺。你杀害了久保寺,然后取而代之,不是吗?"

我深深地叹了一口气。

对,我是泽本,杀了久保寺后假扮成他。那是因为久保寺夺走了我的沙耶。

二十四年前的那个晚上,藤白临死前说:"而且,据我所知,她——"藤白当时想说什么,我很快就知道了,他想说"她正在和久保寺交往"。案件发生几天后,沙耶向我告别,几个月后,她就和久保寺结婚了。

为了让她幸福，我强忍了下来。但是，久保寺并不珍惜她。结婚十年后，沙耶患上了忧郁症，在两年前自杀。久保寺不久就辞职了。据说他想成为日间操盘手。毫无疑问，他肯定是拿沙耶的死亡保险金做本钱炒股的。

久保寺无法被原谅，这种想法最终变成了杀意。已经杀过一个人的我，对杀人这件事的犹豫也少一些。

为了杀死久保寺，我调查了他身边的情况，得知他打算买公寓搬家。就在这时，像天启一样灵光一闪——不如就扮作久保寺吧。因为陌生人也不知道他的长相，如果瞄准搬家的时机，就算换了人，暴露的可能性也很低。话虽如此，为了稍微像久保寺一点儿，我留起了他的标志性胡子和络腮胡。

为什么要改变呢？因为我觉得这样一来，就能夺走久保寺和沙耶一起度过的岁月。不仅如此，我还想要久保寺手里沙耶的照片。我想要沙耶接触过的、珍惜过的日常生活中的所有东西。

我假装偶然遇到久保寺，顺便问出了他预计搬家的日期。他搬家的前一天，我来到只有久保寺一个人在的家里，趁他不备将其打昏，并用绳索将他捆住。我拿着刀威胁醒过来的久保寺，问出信用卡和银行账户的密码，以及其他更换身份所需要的信息。问出必要的信息后，就用刀刺死了他。

我用汽车将尸体运走，埋在千叶县的山中。

第二天，我假扮成久保寺的模样去找搬家公司，让他们搬东西。从那以后，我就以久保寺正彦的身份住进了新家。从此再也没有回到自己的公寓。

于是，泽本信也被认为失踪了。

久保寺保存的沙耶的照片，几乎都是年轻时的照片。最近这四五年好像连照片都没拍。单从这方面也能看出久保寺对沙耶的感情如何。我从他们两人一起拍摄的照片中，剪掉了久保寺，只留下了沙耶。我把她的照片贴在相册上，不厌其烦地翻看。我觉得沙耶在对着我笑。然后，每天用沙耶用过的平底锅、煮锅和菜刀做饭。

我觉得通过这些可以感受到她手掌的温度。

我为沙耶买了佛龛，放在客厅。我把她最喜欢的照片装饰成遗像。

成为久保寺之后，我决定做他梦寐以求的日间操盘手。但是，我没有才能。每天看着屏幕上的股票信息，向证券公司下达买卖指令，非但没有赚到一分钱，资金还在不断减少。就像以前买赛马经常输一样。再过几个星期存款应该就会用光了吧。

"你承认杀害了藤白亮介先生和久保寺正彦先生吧？"

对寺田聪的问话，我点了点头。

寺田聪用手机与某处取得了联系。不久，几个男人走进了房间，其中一个男人自称是警视厅搜查一课的人。

在被警察带出客厅之前，我最后看了一眼沙耶的遗照。平时对我笑靥如花的沙耶，现在连看都不看我一眼。

南柯一梦终须醒，我已不再是久保寺了。

绑架回忆

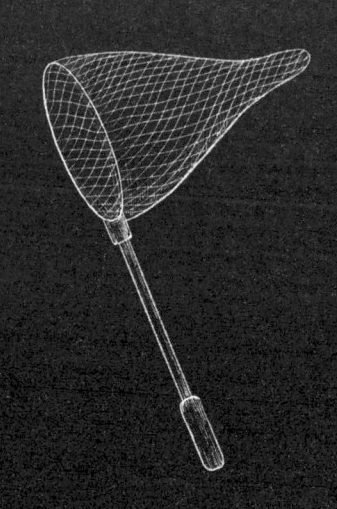

1

盛夏的阳光照耀在陵园的墓碑上。

四周的树上传来了清亮的蝉鸣声。空气仿佛凝固了似的,没有一丝风意。全身喷涌而出的汗水浸透了衣服。虽然马上就到下午5点了,但阳光还像中午时分那么强烈,丝毫没有减弱。

户田尚人在墓前上香。

墓碑上刻着"户田英一 日奈子"。因为父母不喜欢戒名[1],所以在他们去世的时候,尚人决定把父母生前的名字原封不动地写下来。

他和站在旁边的叔叔雄二一起,闭上眼睛,双手合掌。就这样,在炎热的空气中,思绪也恍惚了起来。

"哥哥他们已经去世十四年了吗……"

---

1 日本人去世后有做法事、取戒名的习俗。

叔叔双手合十后低声说。

"那个时候的尚人还是个高中生,而现在已经成为一名优秀的医生,真的已经过去这么久了啊!但是,感觉只是一转眼的工夫。"

"叔叔真的很照顾我。多亏了叔叔的帮助,我才能够考上大学,成为一名医生。"

"我只是做了应该做的事。"

十四年前的今天,也是在8月13日,尚人的父母在奥多摩町的巴士坠落事故中身亡。自他上初中以来,每年一到医院放暑假的时候,父母就会一起去旅行。他的父母是一对非常恩爱的夫妻,他们去世的时候也在一起,也许对他们而言,这算是唯一的安慰了。

"爸爸妈妈,我还会再来看你们的。"尚人心里嘀咕着,离开了墓前。因为是盂兰盆节,所以还有其他几个人来扫墓。每个人都汗流浃背,一副热得喘不过气来的样子。

尚人和叔叔来到了陵园的停车场。

"坐我的车吗?我送你回去。"叔叔说,但尚人拒绝了。

"我还是不能坐车……"

"那件事都已经过去这么久了,还是没有改变吗?"

"没什么变化。说不定一辈子都不想再坐车了。"

"是吗……"

叔叔举起手说了声"再见",坐进奥迪汽车,开车走了。

目送他离开后,尚人朝三鹰站走去。虽然天气热得让人头晕目眩，但总比坐车强。

他真的不想坐汽车。准确地说，一上车他就会感到恐惧，置身于狭小的车内，暴露在车内地板上橡胶垫子的气味中，他就会呼吸困难，汗流浃背，意识也会变得模糊。所以，去医院上下班的路，他也宁愿选择坐电车或是步行。

他知道原因，都是因为二十六年前的那件事。

五岁那年的夏天，尚人被绑架了，被关在汽车的后备厢里。

*

那是8月的一个早晨。吃过早饭，看完儿童动画片，应该是上午9点以后了。

尚人那个时候迷上了捕虫。当时他家位于八王子的山丘开垦地，附近还有树林。他发现那里有独角仙和锹形虫，就每天都去捕虫。尚人还在上幼儿园大班，父母一开始很担心他一个人去树林，但后来也许习惯了，慢慢就什么也不说了。而且，他们为儿子能与大自然接触感到高兴。

尚人那天也是手拿捕虫网，肩挎虫笼，头戴棒球帽走出了家门。

虽然还是早上，但强烈的阳光却很刺眼。尚人离开住宅区，独自走在通往树林的路上。周围没有人影，只有蝉鸣声。

路边停着一辆白色的小汽车。尚人正要从旁边走过时，听见车里有人叫他。

绑架回忆　169

"小朋友,你叫户田尚人?"

抬头一看,只见一个不认识的女人从车窗里探出头来。她皮肤白皙,头发很长,戴着一副淡紫色的大墨镜。

"嗯,是的。"

女人微微一笑,红唇扭曲着。不知为何,她的笑容让尚人感到非常恐怖。

"尚人是去捕虫吗?"

"是的。"

"你喜欢什么样的虫子?"

"独角仙和锹形虫。"

"阿姨也喜欢。阿姨家附近有一片树林,那里有非常大的独角仙。"

"有多大?"

"这么大。"

女人用纤细的食指和拇指比画了一下大小。

"哇,真好啊!"

"尚人也想捕大独角仙吗?"

"嗯。麒麟组的阿明养了一只非常大的独角仙,因此总是很得意,所以我在找比它更大的独角仙,可是怎么也找不到。"

"那么,阿姨带你去有大独角仙的树林。"

"啊,真的吗?"

"来,上车吧。"

女人打开副驾驶座的车门。尚人正要上车时停下了脚步。

"可是，我不能跟陌生人走。"

"我是尚人爸爸妈妈的朋友。"

"是吗？"

"你爸爸叫英一，妈妈叫日奈子，对吧？你爸爸是医生，对吧？"

"是啊。"

这个人真的是爸爸妈妈的朋友，尚人想。

"好了，上车吧。午饭前送你回家。"

听她这么说，尚人坐上了白色的车，将捕虫网和虫笼放在后座。女人伸出左手，砰的一声关上副驾驶座的车门。

"好热啊，喝杯果汁吗？"

女人从汽车中控台的饮料架上拿起一罐橙汁递给他。易拉罐的拉环已经打开了。尚人说了声"谢谢"，咕嘟咕嘟地喝了起来。因为他刚才走在炙热的阳光下，所以确实口渴了。等他回过神来时，已经喝了大半。女人一直注视着尚人喝果汁的样子。

尚人说了声"多谢款待"，把易拉罐还给了女人。女人把易拉罐放回饮料架上。然后，车子缓缓地开动了。

车子摇晃着开了十分钟左右的时候，难以忍受的睡意袭来，尚人不知什么时候睡着了。

等尚人醒来时，才发现四周早已一片漆黑。

他想要站起来，头却不知撞到了什么东西。他想伸手，却被坚硬光滑的墙壁挡住了。尚人惊恐地敲了敲面前的墙壁。伴随着金属的声音，墙壁微微颤动，却推不动。尚人往右一动撞到了墙壁，往左一动还是撞到了墙壁，地板上铺着像橡胶一样的东西，气味十分刺鼻。

这到底是哪里？这个狭小的地方是哪里啊？

一阵类似震动的感觉传了过来，不时伴随着砰的冲击声，身体也随之撞到了墙壁上，耳边还能听到刺耳的声音。

这时他突然意识到这里是车的后备厢。他被关在车的后备厢里了！

为什么会变成这样呢？是那个女人把睡着的自己关起来的吗？可她为什么要这么做呢？

"救命！放我出去！"

他叫了好几次，却始终打不开后备厢。最后嗓子疼了起来，他只好停止了喊叫。泪水顺着脸颊哗哗地流了下来。

一定是什么恶作剧，应该很快就会把我放出来了吧？尚人虽然因为恐惧而颤抖，但还是拼命地这么想。

但是后备厢一直也打不开。

口渴了，肚子也饿了，身体也几乎动不了。好累。

爸爸妈妈一定很担心吧，他们肯定在到处找我。

后备厢还是没有打开。

口渴得厉害，肚子也饿得受不了。脑袋昏昏沉沉，无法思考。

难道就这样死在这里了吗？我不想死。明明还有很多想做的事情。

尚人在迷迷糊糊中反复惊醒，他做了被关起来的梦，因为太过恐惧被吓醒了。然后恍惚中才想起，自己在现实中也是被关起来的。

不久，他意识中断，什么声音也听不见了。

"尚人！尚人！"

从上面传来了令人怀念的声音。

睁开眼睛，后备厢的盖子被掀了起来，可以看到接近黄昏的彩色天空。

父母因担心而憔悴的脸上浮现出喜悦的神情。望着失而复得的孩子，爸爸妈妈的眼泪扑簌簌地往下流。尚人虚弱地向父亲和母亲伸出手。父亲扶起尚人的上半身，一把抱住他。这种久违的温暖气息让尚人松了一口气。随后，他再次失去了意识。

醒来时，自己躺在一张大床上。床的两侧有栅栏，旁边的椅子上坐着父亲和母亲，还有叔叔。清晨的阳光从大窗户射了进来。

"这里，是哪里？"

"你醒了啊……"

母亲拉起尚人的手，贴在自己的脸上，哇地哭了起来。

"医院。"父亲说。

"你被绑架了，昨天傍晚才被救了出来。因为你太虚弱了，所以我们把你送到这家医院来。"

"绑架……是什么？"

"坏人把你拐走了，说如果想让你回来就得给他付钱。"

"付了吗？"

"在付钱之前，坏人就把你放了。他一定是反省自己做了坏事吧。"

父母不停地说："太好了，太好了。"

之后，尚人做了X光检查，又做了血液检查。然后医生来了，问了很多问题，有没有哪里疼，有没有恶心之类的。

尚人回答说，虽然现在浑身无力，但没有什么疼痛的地方。

过了一会儿，两名男女走进病房。父亲说，他们就是调查你的案件的刑警。

尚人吃惊地看着两人。他们都是非常普通的叔叔阿姨，不像电视剧里出现的刑警那样帅气。

刑警阿姨用温柔的语气问了很多问题。尚人详细讲述了被绑架时的情形："我正在路上走着的时候，遇到了一个不认识的女人。她跟我搭话，劝我喝果汁，我喝了就困得睡着了。等回过神来的时候，才发现自己已经被关在了车的后备厢里……"

"那个女人大概多大年龄？"

"我不太清楚，比妈妈稍微年轻一点儿。"

"她长什么样子？"

"皮肤很白，头发很长，戴着淡紫色的太阳镜。"

"穿着什么衣服呢？"

"淡蓝色的长裙子。"

"连衣裙。"刑警阿姨点点头，然后看着父亲和母亲，问道，"你们能想到这个女人是谁吗？"

"想……想不起来。"父母都茫然地摇了摇头。

"你还记得那是一辆什么样的车吗？"

"是一辆白色的车。"

"有几扇车门？"

"四扇门。"

"还记得车里有什么东西吗？"

"嗯，不记得了。"

这时护士走进病房，对刑警们说道：

"尚人身体还很虚弱，今天的问讯就到此为止吧。"

"知道了。"刑警们点点头说。然后他们对尚人说一定会抓住罪犯的，便离开了病房。

第二天，尚人出院了。记者们早已等候多时，摄像机齐刷刷地对准了父亲怀里的尚人。当时的情景还上了报纸和电视。他所上的幼儿园里，无论是老师还是朋友，谁都没有再提起这件事，像往常一样对待他。他们应该是在尚人住院期间就已经商量过，然后才决定这么做的吧。

尚人对此十分感激。

*

因为案件发生时尚人还很小，所以父母并没有把详细情况告诉他。

尚人详细了解事件的情况是在刚上初中一年级的时候。父亲对他说："你已经长大了，可以告诉你事情的来龙去脉了。"

犯人是在8月14日拐走尚人的，那天她打电话来跟尚人的父母要五百万日元的赎金。第二天，也就是8月15日，尚人的父母把赎金装上车后出发，在犯人的指示下在东京都内到处兜圈。但是，不知为何，犯人却中途放弃了赎金，把尚人关在白色汽车的后备厢，又将车扔在了青梅市的黑泽路边，就这样放了他。

拐走尚人的女人名叫佐川纯代，是尚人的亲生母亲。

在尚人一岁的时候，因为被怀疑遭受了佐川纯代的虐待，所以他被送到了儿童福利院。此后，他被无法生育的户田夫妇作为养子收养。

比起亲生母亲以赎金为目的的绑架，更令尚人震惊的是，自己居然不是父母的亲生儿子。因为作为养子被领养时，尚人还不懂事，所以完全没有在儿童福利院时的记忆。他以为自己从出生起就一直由父母抚养长大。

但是，即使没有血缘关系，他也很清楚父母对自己有着真挚的爱。最令人难忘的是，当绑架案发生时，打开后备厢把自己救出来的父母所表现出来的那种既担心又喜悦的表情。父母的爱比亲生母亲还要深沉。

尚人非常尊敬身为医生的父亲，所以希望自己将来也能成为医生。高中三年级时，父母在奥多摩町的巴士坠落事故中丧生。与父亲同为内科医生的叔叔继承了户田内科医院，并资助尚人读完高中和大学。

*

走到三鹰站时,因为天气过于炎热,所以尚人在车站内的咖啡店一边喝着冰咖啡,一边凉快了一会儿。差不多该上电车了。刚走出店门,有人从后面轻轻拍了拍他的肩膀。

回头一看,是一张熟悉的笑脸——寺田聪。他是尚人高中时代的朋友,两人曾一起加入了学校社团的足球部。

"好久不见啊!上次见面还是三年前在校友聚会上吧?今天怎么这么巧?"

"我去三鹰陵园给父母扫墓了,今天是他们的忌日。"

"高中三年级的时候你的父母就去世了,那时候你可真是不容易啊!"

"也多亏你给了我很大的鼓励。你怎么也在这里?在校友会上听说你被分配到搜查一课了,是要去查案吗?"

"不,我已经不在搜查一课了,现在在三鹰市的犯罪资料馆,正准备下班回家。"

尚人看了看手表,现在是下午5点45分。也就是说,到下班时间后寺田聪就马上离开了单位。

"和搜查一课不一样,我们可以准时回家,偶尔也会晚点儿回家。"

寺田聪似乎看透了尚人的想法。尚人苦笑了一下,心想他以前就是个十分敏锐的家伙,所以才被分配到搜查一课吧。

"犯罪资料馆是个什么样的地方?"

"是负责保管警视厅管辖范围内发生的所有刑事案件的证物、遗留品和搜查文件的部门。案件破获后,或者即使未破案,过了一定时间后,证物、遗留物、搜查文件都会被转移到犯罪资料馆。"

三年前见面的时候,寺田聪就说他一直希望被分配到搜查一课。如果是这样的话,从那里调离,他应该不会高兴吧,但朋友的脸上却没有一丝阴霾。

也许是因为在墓地和叔叔的对话中,间接地提到了那起绑架案。尚人想问寺田聪一个以前就很在意的问题。

"对了,听说警视厅有专门负责未结案件的搜查组?"

"嗯,五年前的2009年成立了特命搜查对策室。成立这个部门主要是因为诉讼时效的延长,以及DNA鉴定等搜查技术的进步,所以即使是以前的案件也能解决。"

"那个特命搜查对策室,对已过时效的案件也会重新搜查吗?"

"很遗憾,已过时效的案件无法追究犯人的刑事责任,所以不会重新搜查。"

寺田聪露出了惊讶的表情。

"……对了,我记得你五岁的时候被绑架了。你说的诉讼时效已过的案件就是这个吧?"

"是的,你明白了啊!"

朋友犹豫了一下,才开口道:

"能对已过时效的案件进行重新调查的部门,警视厅只有一个。"

"在哪里？"

"我所在的犯罪资料馆。"

"原来是这样，这不是很厉害吗？"

"虽说如此，但并不是官方规定的都会重新调查。能不能重新开始调查，几乎全凭我们馆长的个人兴趣……你希望重新调查五岁时的绑架案吗？"

"嗯。"

为什么亲生母亲要绑架自己？听说是为了赎金，但尚人认为不是这么简单，这一直是他心头的疙瘩。他无论如何都想知道那个理由。

"我去问问馆长，看看能不能重新调查你的绑架案。不过，不要抱太大的期望。馆长是个很奇怪的人，和一般人的脑回路不一样。另外，如果犯罪资料馆要重新调查的话，我也会参与，可以吗？我会阅读搜查文件，详细了解你的绑架案。当然，如果你不喜欢的话，直接告诉我就好。"

"没关系，只要你能再次调查，我就很高兴了。好不容易见到你，真想多聊几句，我们去喝杯啤酒吧。"

2

　　第二天是14日。14日和15日是夏日休假日，16日是星期六，17日是星期日，所以寺田聪是18日星期一去犯罪资料馆上班的。

　　早上8点50分到达时，门卫大冢庆次郎正在停车场做广播体操。大冢一看到寺田聪，不好意思地停下了动作。

　　"孙子每天早上都要做广播体操，说是对身体好，有益健康，让我这个爷爷也要做，没办法就开始做咯。"

　　"您孙子真孝顺。"

　　"寺田也一起来怎么样？"

　　"不，我就……没关系，您请继续。"

　　寺田聪走进馆内，又遇到了清洁工中川贵美子。

　　"寺田，早上好。因为夏日休假，好久都没见到寺田了，我好寂寞。"

　　"那真是不好意思。"

"假期去哪里玩了？"

"哪里也没去，在家无所事事地过的。"

"难得的美男子，真是太可惜了。一定要去海滩约女孩子才对得起这副好皮囊嘛！我教你约女孩子的方法吧？我以前……不是，现在也经常有帅哥约我。你想要打动女孩子的心，就交给我吧！"

"谢谢，我接下来还有工作，下次吧。"

寺田聪赶紧躲到了助手室，接着去敲了敲通往隔壁馆长室的门。他知道不会有人回答，便自顾自地打开门走了进去。

和往常一样，绯色冴子警视已经坐在桌前阅读文件了。他打了招呼，也像往常一样被无视了。她并不是对寺田聪抱有偏见，而是对谁都是这样。换成平时他马上就缩回助手室了，但今天他跟她说话了。

"其实，我有件案子想请你研究一下……"

雪女睁大眼睛看着他。

"什么案子？"

"1988年8月14日发生在八王子市的儿童绑架案。"

寺田聪把13日晚上和户田尚人在居酒屋喝着啤酒听到的事件概要说了出来。

"罪犯应该是被害人的母亲，但她行踪不明，也不知道她为什么中途放弃收取赎金。这是件很难破解的案件，我认为有探讨的价值。"

"现在，粘贴二维码标签的案件刚刚到1989年9月，有没有必要暂时中断，优先讨论1988年8月的案件？"

"其实，被绑架的受害者是我的朋友。前几天，我和他见了面，他好像到现在还对亲生母亲为什么要绑架自己心存芥蒂……"

"因为案件而烦恼的受害者有很多，警察不允许从私情出发优先考虑特定受害者的利益。"

"……对不起。"

绯色冴子轻轻推了推无框眼镜。

"不过，如果你在这起案件上发现了什么疑点，那就另当别论了。"

"怎么说呢？"

"案件的疑点是重新审视案件时的有力线索。如果是有这样的线索的案件，优先处理也没有问题。今天一整天，读一读这个案件的搜查文件，找出疑点，然后再进行调查。"

"……谢谢！"

绯色冴子冷淡地点点头，目光落在手边的文件上。

*

进入保管室后，虽然温度稍低，但舒适的空气包围了身体。为了让保管的证物和遗留物处于良好状态，保管室的温度一年四季都维持在22摄氏度，湿度在55%。

室内摆着好几排钢制置物架，上面放着一排排的塑料箱子。里面分别装有案件的遗留物、证物和搜查文件。

寺田聪从摆放着1988年8月案件的置物架上取出贴着"八王子市儿童绑架案"标签的箱子，回到助手室。虽然从尚人那里听说了案件的概要，但是为了找到疑点开启再次搜查，还是有必要阅读搜查文件。

寺田聪从箱子里取出文件夹，里面有搜查报告、现场情况示意图、贴着现场照片的底纸等物品，都装订在一起。

现场情况示意图上画着8月14日尚人被绑架现场附近的平面图，以及15日犯人释放尚人时，囚禁尚人的车辆停车位置附近的平面图。贴在底纸上的现场照片内容，是囚禁尚人的那辆汽车的后备厢内部，可以看到后备厢里铺着合成纤维编织的格子花纹垫子。一想到五岁的孩童被关在这狭小的空间里，寺田聪不禁对朋友产生了强烈的怜悯之情。

首先开始读搜查报告。

事件发生在1988年8月14日星期日。住在八王子市长房町的户田英一和日奈子夫妇的独生子尚人（五岁）上午9点过后到附近的树林捕虫，过了将近两个小时还没有回来。尚人上幼儿园大班，正在放暑假。虽然尚人每天都去树林，但是这么长时间没回来还是第一次，所以英一和日奈子开始担心起来。两人走向树林，却不见尚人的身影。

两人回到家后，中午前接到一通电话。日奈子一接起电话，就传来分不清是男是女的尖锐声音。

"是户田尚人家吧？"

"是的。"

"尚人在我手上。你想要人的话，拿五百万日元来。"

"……请不要搞这种奇怪的恶作剧。"

"这不是恶作剧。我把尚人的棒球帽放在信箱里了。你看看就知道了。"

日奈子放下听筒，告诉了旁边的英一。两人立马跑出去，打开信箱的盖子，里面放着尚人的小棒球帽。

两人回到了家里。这次英一拿起了听筒。

"……把儿子还给我。"

"付五百万日元就还给你。你是医生，这些钱应该很快就能准备好。"

"……什么时候，在哪里给你钱？"

"明天之前把钱装在提包里准备好。至于付钱的地方，明天下午2点打电话通知你。我告诉你，千万不要报警，否则尚人就没命了。"

然后电话就挂断了。

户田夫妇犹豫再三，还是报了警。警视厅搜查一课立即派出专门负责绑架和企业恐吓的特殊犯搜查系，在辖区的八王子警察署设立搜查本部，并与加入记者俱乐部的各媒体公司签订了报道协定。

户田夫妇在JR八王子站前的子安町经营一家小小的内科医院。凶手很有可能知道这一点，以为户田家很富裕，所以绑架孩子要赎金。

下午1点过后，特殊犯搜查系的成员中有四人作为受害人对策小组前往户田家。因为直接去户田家可能会被犯人发现，所以他们从户田家后面的院子进入。

受害人对策小组在户田家的电话上安装了录音装置，准备窃听第二天犯人打来的电话。三年前日本电信电话公社民营化后成立了日本电报电话公司（NTT），搜查人员前往那里，准备进行反向定位。

因为8月14日这一天是星期天，所以第二天8月15日早上9点，银行一开门，英一就跑了进去，把还没到期的定期存款也取了出来，一共取走了五百万日元。在回家的路上买了手提包，回到家后把钞票塞进手提包里。

到了犯人约定要联系的下午2点。但是，电话没有响。就在搜查人员焦急等待的时候，门铃响了。

日奈子走到玄关，户田家左边邻居家的主妇一脸惊讶地站在那里。她说有人打电话到她家里，用奇怪的声音说："马上把户田先生叫来。"

受害人对策小组的窃听就成了无源之水，失去了工作能力。录音装置只有连接在户田家电话上的那一台，所以没法安装在邻居的电话上。看来犯人是害怕自己的声音被录下来，于是施了这么一计。

当警员告诉那个主妇发生了绑架案时，她吓得脸色铁青。英一在主妇的带领下来到了邻居家，拿起客厅里的电话听筒说道："我是尚人的父亲。"接着，又传来那个奇怪的声音。

"你和你太太两个人，把钱装上车。在2点15分之前到JR西八王子车站前一家名叫白莲花的咖啡店来。绝对不能迟到。"

电话挂断了。英一向邻居家的主妇道谢，匆匆赶回了家，把犯人的要求告知了搜查人员。

英一和日奈子拿着手提包上了私家车，后座下面藏着一名搜查员。搜查员随身携带无线对讲机，以便随时与搜查本部取得联系。英一开着车走了。

2点15分整，他们走进白莲花咖啡店，服务员一边说着"户田先生在吗？有电话打进来"，一边环视了一圈店里的客人。英一自报姓名，接过听筒。

"我是户田。"

"总算是赶过来了。那么，告诉你下一个联络地点，2点30分之前到京王高尾线目白台站前一家叫雪姬亭的餐厅来。"

英一冲出咖啡店，回到日奈子和警员等着的车里，马上发动了车。

快到2点半到达雪姬亭时，同样的事情又重复了一遍。犯人会指示在某个时间点之前去某家餐厅，到了那里之后，又指示在某个时间点之前去另一家餐厅。这是绑架犯试探是否有警察跟踪的常用手段。如此反复几次后，绑架犯告知了赎金的交接地点。

那是在第八家叫Patisserie Delices的西点店。

"情况变了，我不要钱了。我放了尚人。"犯人突然这么说。

"……真的吗？"

"嗯。"

"尚人在哪里？"

"去青梅市黑泽二丁目的池上杂货店，我会在6点整给那里打电话，告诉你放人的地方。"

户田夫妇按照指示驱车前往池上杂货店，到达的时候是5点43分。那周围是一片田地。他们假装看着陈列的商品，6点整店里来了电话。店主接起电话，惊讶地问："你就是户田先生吗？"英一点了点头，店主把听筒递给了他。

"我告诉你尚人现在在哪里。从杂货店往北走五百米左右，有一辆白色的车停在那里。你打开后备厢就知道了。不过我要告诉你，你要走到白色的汽车那里，千万不要开车去。别耍花招。"

户田夫妇按照指示向北走去。走了五百米左右，一辆白色的车停在那里，驾驶座上没有人。他们伸手去开后备厢，没有锁，打开了。

尚人被关在那里。虽然似乎已经失去了意识，但他还是在父母的呼唤下睁开了眼睛，虚弱地向父母伸出了手。英一扶起儿子的上半身，抱住了他。

也许是松了一口气，虚弱的尚人再次晕了过去。

在五百米外的车里观察情况的搜查员，看到尚人平安无事，并且已被户田夫妇保护起来，便冲出车奔向户田夫妇。人质安全获救的消息立即传到了搜查本部。

报道协定被解除，搜查本部召开了新闻发布会。搜查员松了一口气，但也确实有被牵着鼻子走的感觉。

犯人在第二次联系户田夫妇时，不是打电话给户田家，而是打电话给邻居，还指挥装着赎金的车四处乱跑，肯定是经过深思熟虑后才实施的犯罪。如此慎重的犯人，为何突然将之前所做的一切化为乌有，在没有收到赎金的情况下释放人质？

在新闻发布会上，搜查本部被问及此事时，他们只能说现在正在调查。

被送到医院的尚人，在第二天也就是16日早上醒来。医生对他进行了X光检查、血液检查，除了身体虚弱，没有其他异常。

搜查人员对尚人进行讯问后得知，掳走尚人的是一名皮肤白皙、长发披肩、戴着淡紫色大墨镜的女人。应该穿着淡蓝色的连衣裙。据尚人说，她比母亲年轻一些，所以推测她的年龄在二十五岁到三十岁。她坐在一辆有四扇门的白色轿车里，应该就是尚人被困的那辆车。

搜查本部进行了彻底的调查。

关着尚人的白色轿车是在案发前一天，也就是8月13日深夜在新宿被盗的。副驾驶座上检测出尚人的指纹，这应该是他在被拐走的时候，曾坐在副驾驶座上，所以留下了指纹。除此之外，留在车内的指纹只有车主的。犯人似乎非常小心，没有留下自己的指纹。还有一种可能就是车子被盗的说法是谎言，车主就是罪犯。因此，为了慎重起见，搜查人员调查了车主，但他有完美的不在场证明。

犯人应该是将白色轿车停在青梅市黑泽二丁目农田旁的道路上，然后徒步或者乘坐共犯的车离开现场。但是，警察没有得到任何目击证词。

犯人知道户田家邻居的电话号码和各种店铺的电话号码。但是，只要稍微调查一下个人姓名电话簿或商店电话簿就能知道，所以这并不能成为锁定嫌疑人的线索。

犯人使用了类似变声器的东西改变了声音，所以分不清是男是女。因为害怕被录音，除了第一次的电话，其他的电话都打给了不能录音的电话，所以也无法分析声音。

搜查本部还调查了户田夫妇经营的户田内科医院是否发生过绑架案。户田内科医院刚开业两年，从向附近的人询问的结果来看，并没有什么不好的传闻，也没有和患者发生过纠纷。

搜查本部将户田夫妇的亲戚、朋友、熟人也列入排查对象。在绑架案件中，对受害人的亲戚或熟人进行调查是铁定法则。因为犯人往往就在其中。

户田英一和日奈子的双亲都已经去世。日奈子是独生女，没有兄弟姐妹，英一有个弟弟叫雄二。雄二比英一小十岁，当时二十三岁，是日本中央医科大学五年级的学生。由于父母双亡，他的学费是由哥哥支付的。

搜查人员调查了雄二，他回答说8月14日和15日一直住在位于高圆寺的自己的公寓里，没有和任何人见面。搜查人员询问了公寓的房客，房客几乎都是学生，因为盂兰盆节都回家过节去了，没人能证明雄二是否真的住在公寓里，所以他的不在场证明不成立。

当然，这也不能成为证据，还反过来证明了他可能不是绑架案的犯人。如果雄二是绑架案的犯人，那他就和白色车里的女人是共犯，如果是这样的话，女人14日上午绑架尚人的时候，雄二应该会找一个确凿的不在场证明，因为只有这样才能掩饰共犯。但雄二并没有这样做，所以他要是共犯的话显得太草率了。

另外，英一和雄二的兄弟关系非常好，雄二参与绑架侄子的可能性很小。为了慎重起见，搜查人员调查了雄二的朋友和熟人，看其中有没有与白色车里女人的长相和年龄相符的人，但一个也没有找到。

但是不久之后，与白色汽车的女人相符的人物浮出水面，是一个叫佐川纯代的二十八岁的女人。

调查过程中警方发现尚人是养子。由于怀疑尚人受到亲生母亲虐待，所以他在一岁时被送到儿童福利院。后来无法生育的户田夫妇希望领养孩子，便收养了尚人。

佐川纯代是尚人的亲生母亲。早年间，她作为时尚模特走红，在二十二岁时怀孕，第二年便未婚先孕生下了尚人。当时时尚界盛行的风潮是，模特一旦怀孕，就意味着职业生涯的终结。社会上对未婚妈妈的抨击也很强烈。为此，她丢掉了工作，而且因为和娘家断绝了关系，也没有得到娘家的帮助。此后她一直无业，独自抚养孩子。据说她曾对熟人说过："把身体交给讨厌的男人，生下这个孩子，是自己人生堕落的第一步。"

人们认为这种情况可能是她虐待尚人的起因。

搜查本部拿到佐川纯代的照片给尚人看。尚人证实说："拐走我的女人就是她。"

搜查本部立即寻找佐川纯代现在的住处。但是，她的住处不明。佐川纯代在放弃尚人之后，想再次拾起模特工作，可因为虐待孩子的丑闻，没有任何公司理睬她。梦想破灭的她自暴自弃，一个接一个地和男人同居又分手，过着十分混乱的生活。

而且，也许是为了填补内心的空虚，她不断用信用卡购买奢侈品，负债超过三百万日元。三个月前，她从同居男友的住处跑了，直到现在也不知身在何处。

背负巨额债务成为绑架孩子索要赎金的有力动机。另外，案发半年前，佐川纯代曾造访尚人所在的儿童福利院，一直追问尚人的领养地址。因为领养地址是保密的，所以福利院没有告诉佐川纯代。

但是，只要雇用私人侦探，就可以进行调查。她找到了领养人，将自己的亲生孩子作为人质，企图绑架索要赎金。搜查本部拿到了她的逮捕令，向全国发出了通缉令。她落魄的人生引起了八卦节目和周刊杂志的广泛报道。

犯人应该就是佐川纯代，唯一不明白的是，她为什么突然放弃赎金，释放尚人。

为了解开这个谜，只能找到佐川纯代，让她供述，但是她却杳无音信。十年的岁月悄然流逝，1998年8月14日0点，案件的诉讼时效已过……

*

第二天，19日早上，寺田聪一上班就拿着搜查文件来到了馆长室。

"昨天看了案件的搜查文件，我发现了两个疑点。"

绯色冴子把大眼睛转向了寺田聪。

"你研读分析了好几次吗？"

"是的。"

"那么，我先浏览一下搜查文件。你过一个小时再来，把发现的疑点告诉我。"

寺田聪把搜查文件放在绯色冴子的桌子上，回到旁边的助手室。关门时回头一看，看到她正以难以置信的速度翻看着文件。虽然寺田聪经常看到这样的场景，但还是忍不住感到惊讶。看来她有一目十行、过目不忘的超级记忆能力。

一个小时后，寺田聪再次来到馆长室。

绯色冴子面无表情地思考着什么。厚厚的搜查文件已经合起，整齐地放在桌子上。她应该已经全都看完了。

"告诉我你的疑点。"

"第一点，犯人在释放户田尚人的时候，让户田夫妇从池上杂货店走到关着尚人的汽车旁。当时户田夫妇距离困着尚人的汽车只有五百米左右的距离，为什么犯人要求他们不能开车，而是步行呢？如果犯人是为了顺利拿到赎金，不想让搜查员靠近，才指示他们走到交接地点，这是可以理解的。即使搜查员躲在户田夫妇的车里，搜查员因为担心被犯人发现也不敢出来。对犯人来说，这样做的好处是，搜查人员可以远离交接地点，便于抢夺赎金。但实际上，这里并不是交接地点，而是囚禁人质的地方。犯人不需要出现在户田夫妇面前，也没有必要在意与搜查人员的距离。所以，犯人让户田夫妇开车到尚人被困的车旁应该没有任何问题。既然如此，犯人为什么要让户田夫妇步行过去呢？"

"原来如此。第二个疑点呢？"

"第二点，犯人指定户田夫妇两人，而不是其中一人负责交付赎金。通常在绑架案中，犯人一般会指定一人负责交付赎金。因为如果有两个人的话，犯人在和两人交换赎金和人质时，可能会被对方两个人的力量压倒，很难控制局面。那么，犯人为什么要指定户田夫妇两个人一起负责交付赎金呢？"

绯色冴子沉默了一会儿。寺田聪不知道自己指出的事件疑点是否合理，心里感到不安。然后，他心里对自己说，应该是合理的。这是昨晚自己反复研究后得出的结论。

"你指出的两个疑点很有道理，这个案子值得优先重新调查。"

寺田聪松了一口气。

"谢谢，我想户田尚人也会很高兴的。"

"听说是你的朋友？"

"是的。因为这个案件，他曾被长时间关在车的后备厢里，所以患上了创伤后应激障碍。现在他还是只要置身于狭小的车内，暴露在后备厢地板上橡胶垫子的气味中，就会感到恐惧。"

雪女的眼睛突然眯了起来。

"你刚才说了什么？"

"感到恐惧？"

"在那之前。"

"暴露在橡胶垫子的气味中吗？"

绯色冴子沉默了很长时间。过了一会儿，她突然说：

"我知道真相了。"

绑架回忆　193

3

户田内科医院位于子安町一栋八层公寓的一楼，离八王子站南口不远。晚上8点，绯色冴子和寺田聪来到了医院，门上挂着"停止接诊"的牌子。

寺田聪打电话给尚人说犯罪资料馆的馆长想告诉他真相。尚人说想和叔叔雄二一起去听真相。尚人征询了雄二的意见之后，决定在接完诊并收拾整理完毕后，晚上8点在户田内科医院见面。

寺田聪他们被带进了空荡荡的候诊室，护士们都已经下班回家了。

户田雄二四十多岁，中等身材。虽然他眼神锐利，但时刻微笑的嘴角又让人感到十分随和。他动作沉稳，给人一种安全感。作为一个小镇上的执业医师，他的风采是非常出众的。

而另一方的尚人却心神不定。他明明说过希望重新调查，但现在看起来似乎后悔了。

雄二说："很抱歉让你们来这种地方见面，但是如果你们来我家的话时间会更晚，所以请在这里忍耐一下。听尚人说，你们已经知道真相了，是吧？"

"是。"绯色冴子面无表情地回答。

"请告诉我。"

"先说结论吧，绑架案的犯罪嫌疑人是户田夫妇和户田雄二。"

尚人大惊失色。

"……父亲、母亲和叔叔是绑架犯？不可能。父亲和母亲把我救出来的时候，那种担心和喜悦的表情不是演出来的，是真的。"

"哥哥、嫂嫂和我是绑架犯，这是怎么回事？请不要胡言乱语。"雄二也说。

绯色冴子把目光转向了尚人。

"你父母把你救出来时的担忧和喜悦表情是真实的，这与你父母是绑架犯这一点并不矛盾。因为你的监禁事件和绑架案是不同的两件事。"

*

"……不同的事件？"

"是的。佐川纯代制造了监禁你的事件，之后你的父母又制造了绑架你的事件。"

绑架回忆　195

"你怎么知道？"

"根据你的记忆。"

"……我的记忆？"

尚人露出诧异的表情。

"听说你被佐川纯代困住的那辆车的后备厢地板上铺着橡胶垫子，垫子的味道非常刺鼻。因此，当你置身于狭窄的车内，暴露在橡胶垫子的气味中时，就会感到恐惧。"

"嗯，是啊。"

"另一方面，根据案件搜查文件中8月15日拍摄的你获救时那辆车后备厢内部的照片，后备厢地板上铺着用合成纤维编织的格纹垫子。你的记忆和现场照片有出入。"

寺田聪大吃一惊。的确如此。自己为什么以前没有发现呢？

"这是怎么回事？一方面，你被佐川纯代监禁，被父母解救时你受困的那辆车的后备厢里铺着橡胶垫子；另一方面，8月15日你父母救你出来的那辆车的后备厢里铺着用合成纤维编织的垫子。从这里可以推导出，你被父母从后备厢救出来时的记忆，并不是8月15日父母把你从后备厢救出时的记忆。"

"不是8月15日的记忆吗？"

"是的，那么会是什么时候的记忆呢？8月15日，父母把你从后备厢里救出来后，失去意识的你立即被送往医院，直到第二天16日早上才醒来。你被父母从后备厢救出时的记忆，肯定比16日早上醒来时的时间还要早，所以肯定不是16日的记忆。8月14日下午1点以后警察就去了你家，一直和你父母在一起，所以你记忆中的事情不可能发生在14日下午。听说你被父母从后备厢里救出来的时候，看到了接近黄昏的天空，所以也不是14日的上午。因此，你被父母从后备厢救出来时的记忆，应该是在13日。"

"……你是说我被人从后备厢救出来是发生在绑架案之前？怎么可能？"

"这是我从后备厢地板上的垫子的不同之处得出的唯一说得通的结论。"

"但是，如果我被救出来是在绑架案之前，那我在绑架案期间做了什么？"

"你被催眠了，一直在睡觉。绑架案发生的前一天，也就是14日，你被人从佐川纯代车的后备厢里救出来，从那之后一直到16日早上在医院醒来。"

"被催眠？被谁？"

"你的父母。他们用麻醉剂让你入睡，在此期间制造了一起虚假的绑架案。"

"为什么要这样……"

"这是为了让你认为监禁事件和绑架案是同一件事。你父母不希望你知道发生了监禁事件，他们只希望你认为这是一起绑架案。"

"可是，他们为什么想让监禁事件和绑架案看起来是同一件事呢？"

"这样做可以让人认为监禁是赎金绑架的一环，而实际上监禁是为了别的目的。假装监禁是为了赎金而进行的绑架的一环，

绑架回忆 197

就能掩盖监禁的真正目的。"

"监禁的真正目的……？"

"佐川纯代为什么要把你拐走监禁在汽车后备厢里？不是为了赎金，也不像是为了和你一起生活。如果是为了和你一起生活，应该不会这么过分地把你关在后备厢里。考虑到佐川纯代在你一岁之前有虐待你的前科，那次监禁很有可能是为了对你造成某种伤害。"

"……什么伤害？"

"比如杀人。佐川纯代曾经说过，把自己托付给讨厌的男人，生下你，是自己人生堕落的第一步。而且，案发三个月前在她消失的时候，她的生活很糟糕。如果是这样的话，她很有可能想杀了被视为自己堕落的第一步的你。但她认为不能直接勒死或用刀杀了你，于是将你关在后备厢内，企图让你衰弱而死。"

尚人的脸扭曲了。

"想让我衰弱而死？"

"当然，这只是推测。现在，我们再从你养父母的角度来看吧。当时你并不知道佐川纯代是你的亲生母亲，但总有一天会知道这件事的。然后，看到她的照片，你会发现那就是把自己拐走关进后备厢的女人。你的养父母认为，如果你知道自己被亲生母亲关在后备厢里，身体虚弱得快要死了这件事，会给你带来很大的伤害。因此，必须给被困在后备厢中这一事实赋予另一层意义。要让人觉得不是为了让你衰弱而死，而是为了其他的目的。

"但是，这种特殊的记忆还能赋予什么意义呢？你的父母思来想去，最后想出了唯一的办法——让你相信自己是被绑架来换赎金的。比起被亲生母亲杀害，被亲生母亲绑架换赎金对你造成的冲击更小。"

尚人茫然地听着，点头说："是啊。"

"虽然我对亲生母亲为什么要绑架我心存芥蒂，但比起知道母亲想要杀我，受到的冲击要小得多。"

这时尚人好像突然意识到什么似的说道：

"对了，父母是怎么找到被关在车后备厢里的我的？"

"我只能想象，佐川纯代把你关进后备厢后，可能给你父母打过电话，大概是想骚扰你父母吧。那个时候，她暗示了你所在的地方，你的父母以此为线索找到了佐川纯代的位置，从车的后备厢里把你救了出来。"

"那个女人——佐川纯代没有阻止吗？"

"我不这么认为。恐怕你的父母和佐川纯代发生了争执，最后杀了她。"

"杀了她……？"

尚人睁大了眼睛。

"听说她在案发三个月前就行踪不明了。大概是为了躲避讨债的人，过着开车四处流浪的生活。所以就算杀了她，然后埋尸，也不太会被发现。"

"胡说八道！"

雄二插嘴道。他在候诊室里心神不宁地走来走去。

"户田夫妇是十四年前的8月13日在奥多摩町的巴士坠落事

故中去世的，他们之所以要去奥多摩町，是不是因为二十六年前的8月13日，户田夫妇把佐川纯代的尸体埋在那里了呢？更进一步说，户田夫妇难道不是每年都去掩埋她尸骨的地方双手合十祭拜吗？户田夫妇因为尚人无法乘坐私家车，放弃了开私家车，所以只能搭巴士去奥多摩町，没想到在途中发生了事故。"

"尚人，别信。"

雄二这么说，但尚人似乎根本没听进去。因为受到了太大的冲击，他的身体好像僵住了。绯色冴子冷峻端正的脸面无表情地看着他。

"言归正传。户田夫妇该考虑如何让你相信自己是被绑架了，对吧？对于还在上幼儿园的你来说，只是口头上说你被绑架了是不够的，他们必须瞒你一辈子。为此他们让警察介入，把绑架的事实记录下来。

"把你救出来之后，你的父母紧锣密鼓地制订了计划：首先，给救出来之后就失去意识的你注射麻醉剂，让你睡得更久。你父母因为职业的关系，应该很清楚使用多少麻醉剂就能让你长时间睡眠而不会有生命危险，然后他们悄悄把你送到户田内科医院的一间病房里。那天是8月13日，医院应该从那天开始放假，医院没有护士，也不用担心会被发现。从14日开始，尚人的父母因为需要伪装成绑架案而必须待在家里，所以需要有人照顾尚人，而户田雄二就是负责照顾尚人的人。"

来回走动的内科医生突然停下了脚步。

"照顾被麻醉剂催眠的尚人，必须是具备应对突发状况的医学知识的人。另外，户田夫妇也不可能把伪装绑架的共犯这一危险任务交给只与自己有雇佣关系的护士，必须是与自己有密切关系的人。医学生、户田英一的弟弟雄二，很适合这个角色。"

"……不是。"

"你的父母和雄二在13日深夜偷了一辆白色的车，是为了伪装成掳走尚人的女人开的车。14日，伪装绑架终于开始了。英一先生向警方报案说，中午前有人打来电话说绑架了自己的儿子，让警方介入。为了规避日后警察调查通话记录，我想应该是用公用电话或其他地方的电话打到户田家的。这个电话是雄二先生打的吧？当然，他并没有说威胁的话。可能只是在一定时间内保持了通话状态。

"第二天，也就是15日下午2点，雄二先生用变声器给户田家的邻居打了电话，在电话里和哥哥说了事先商量好的对话。之后，雄二先生又一个接一个地给约定好的商店打电话，对哥哥说了事先定好的台词。

"然后，在第八家店，告诉他要放了他的儿子，让他去青梅市黑泽二丁目的杂货店。雄二让睡着的尚人坐上偷来的白色轿车，自己也前往青梅市黑泽二丁目，而且还不忘在副驾驶座上留下尚人的指纹。另外，尚人在那辆车的后备厢里被关了两天，那里还必须有失禁的痕迹。因此，雄二先生在尚人躺在户田内科医院病房里的时候，用导尿管采集尿液，滴在尚人的裤子、内裤和后备厢的地板上。

"到达青梅市黑泽农田旁的道路后，雄二把睡着的尚人移

绑架回忆 201

到后备厢，然后离开了那里。他用公用电话给杂货店打电话，指示哥哥的行动。户田夫妇按照'犯人'的指示，在车的后备厢里'发现'了尚人，伪装绑架结束。之所以突然停止索要赎金，是因为如果继续下去，被发现的风险就会相应增加，而且尚人被麻醉剂麻醉的时间过长，也会对身体造成伤害。

"实际上，尚人在13日被佐川纯代拐走，当天傍晚被救出后立刻失去了意识，然后被麻醉睡着了。尚人在14日被伪装绑架，15日被救出后立刻失去了意识。户田夫妇把尚人13日被拐走伪装成14日被拐走的，尚人的主观感觉是过了一天。如果是大人的话，马上就会发现不对劲。但是，当时尚人还在上幼儿园，对日期和星期的感觉还很模糊，而且暑假期间就更加模糊了。尚人父母认为尚人不太可能知道自己被绑架的日期是13日。"

尚人的目光变得深邃。

"……确实，当时我对日期和星期的感觉很模糊。只是听说自己14日被掳走了，就这么想了。其实也许是在那之前。"

雄二焦急地揪着头发。

"尚人，连你都这么说了吗？这个人说的不过是妄想罢了。"

"在一般人看来，尚人是在14日到15日的这两天被监禁在后备厢里，但实际上只有13日一天。人被关在漆黑的空间里，时间感觉会变得奇怪。因此，被监禁天数即便有差异，尚人也不会发现。"

"别胡说。"

绯色冴子毫不在意内科医生的话，继续说道：

"在座的寺田指出了事件的两个疑点，如果事件的真相如我所说，那么这两个疑点就会解开了。

"第一点，犯人在释放尚人的时候，让他的父母从杂货店走到尚人被困的车旁。犯人为什么要求户田夫妇步行五百米到那辆车，而不是开车过去呢？

"就像刚才说的，最初发现被佐川纯代关在后备厢里的尚人的，是他的父母。也就是说，打开后备厢，尚人最先看到的是父母。他的父母想让尚人以为他已经从监禁场所被救出来了。因此，在绑架案中，首先打开后备厢发现尚人的是其父母这一'事实'是必要的。如果由搜查人员来打开后备厢发现尚人，就会与尚人的记忆产生分歧。

"如果有机会读到绑架案的详细案件记录，或者通过报道了解情况，尚人先生一定会发现有出入。这时你就会意识到，自己被人从后备厢救出来时的记忆与绑架案中被人从后备厢救出来时的记忆有出入。因此，打开后备厢的时候不能让搜查人员在场。

"另外，监禁事件中从后备厢被救出时，尚人短暂地恢复了意识，看到了父母的脸。而在绑架案中，尚人被麻醉后睡着，在被发现之前就让他躺在后备厢里，所以尚人当然没有意识。如果搜查人员在场，打开后备厢，就会发现没有意识的尚人。这也和尚人从后备厢里被救出来时的记忆不一致。为了防止这种情况发生，不能让搜查人员在场打开后备厢。

"如果尚人的父母把车开到白色汽车的旁边，潜伏在后座的搜查人员就能立刻出来，有可能看到他们打开后备厢的情景。

"所以犯人才会让尚人的父母步行去那辆车旁。这样一来，躲

绑架回忆 203

在后座的搜查员因为害怕被犯人看到而不敢出来，所以也不会参与到父母打开后备厢的场景，就不用担心会与尚人的记忆产生出入。

"接下来是第二个疑问，犯人没有指定你父母中的一人来负责运送赎金，而是指定了两个人，这是为什么呢？"

"那也是因为在监禁事件中，在后备厢中发现尚人的是他的父母。尚人还记得自己从后备厢里被救出来的时候，爸爸妈妈都在。为了不产生分歧，即使在诱拐事件中，从后备厢发现尚人的也必须是他的父母。

"总而言之，因为想在绑架案中制造与在监禁事件中发现尚人相同的状况，所以绑架案中发现尚人的场面就变得不自然了。"

寺田聪对自己的疑问得到了完美的解释而感叹不已。自己虽然能找出疑点，却无法分析出识破真相的线索。虽然寺田聪很不甘心，但这也让他看到了作为搜查人员的能力差距。

"叔叔，怎么回事？绯色警视的推理是真的吗？"

尚人急切地望着雄二，内科医生没有回答。

"请告诉我真相好吗？如果绯色警视的推理是真的，那么父母和叔叔就为了我做出了很大的牺牲，对此我非常感谢。但是我想知道真相。如果这些隐瞒都是为了我，请告诉我真相。"

雄二一屁股坐在候诊室的沙发上，他的脸上浮现出浓浓的疲乏之色。长时间的沉默后，他终于平静地开口了。

"……明白了。我们来谈谈真相吧。绯色警视的推理，几乎在所有方面都正确。"

"原来是这样啊……"

尚人的视线在空中徘徊。

即使被告知自己的推理几乎都对，绯色冴子的脸上也没有任何变化。她低声问雄二：

"我有不明白的地方，请告诉我户田夫妇杀害佐川纯代的情况是怎样的？"

"佐川纯代通过私人侦探查出尚人是被哥哥和嫂嫂领养的。此外，她还打了好几次电话，不知道算是抱怨还是骚扰，甚至还跑到哥哥和嫂嫂家里来，他们每次都安慰她。哥哥和嫂嫂都是心地善良的人，很担心她，也想帮助她重新站起来。

"然而，8月13日早上，佐川纯代开着自己的车把尚人拐走，打电话到哥哥家。那时，我正好去了哥哥家。哥哥对着话筒说话，脸色铁青，挂断电话后，我问他发生了什么事。然后哥哥说佐川纯代要求他们到奥多摩湖畔去，尚人就被关在那儿的汽车后备厢里。她还威胁说绝对不能报警，因为她一旦看到警察，就会把汽车开进湖里去。我建议他们报警，可兄嫂不听，说马上去奥多摩湖。但是，由于兄嫂的情绪太过激动，根本无法开车，所以，我决定开车带兄嫂去奥多摩湖……"

尚人茫然地听着。

"……她安排在奥多摩湖畔一个特别偏僻的地方见面，周围没有人家。我们到的时候已经过了下午6点了，没有人也没有车经过，只有一辆白色的车停在那里。是她的车。从车里出来后，她便恶言恶语地嘲笑说自己已经失去了所有梦想，都怪那孩子。哥哥跪在地上，请求她放了尚人。但是，她摇了摇头说，都是因为

绑架回忆 205

那个孩子，自己才会变成这副鬼样子，而那个孩子却在你们的养育下茁壮成长，简直是太不公平了。哥哥安慰她说，会帮助她重新站起来，所以要她冷静下来，但她不听。她说讨厌那个孩子，也讨厌领养那个孩子的哥哥和嫂嫂，不会让他们好过，然后就大喊着突然跳上了车……"

"她是打算连人带车开进湖里，想和尚人同归于尽？"

听了绯色冴子的话，雄二缓缓地点了点头。绯色冴子的推理中只有这一点是错的。佐川纯代并不是想让亲生儿子身体衰弱而死，而是想强行与儿子同归于尽。

"……事情来得太突然了，我和日奈子都还没反应过来。但哥哥不一样，他一瞬间就明白佐川纯代想做什么，然后以迅雷不及掩耳之势打开车门坐进她的车里，按住了胡闹的她。不等回过神来，她已经不动了。为了按住她，哥哥勒住了她的脖子，没想到致使她窒息而死。我们赶紧把她从车里抬出来。在我为她做人工呼吸和心脏按压想让她苏醒过来的时候，哥哥和嫂嫂打开了后备厢，救出了尚人。尚人虽然已经失去意识，但是听到哥哥和嫂嫂的呼唤，短暂地睁开了眼睛，马上又失去了意识。"

"我从后备厢被救出来的时候，发生了那种事吗……"尚人声音颤抖着说。

"……佐川纯代最终还是没能苏醒过来。哥哥说要自首，我阻止了他。我说哥哥没有任何过错，没有必要自首。比起那个，更应该担心的是尚人的记忆。尚人还记得佐川纯代的脸，如果有一天他知道佐川纯代是自己的亲生母亲的话，一定会明白自己差点儿被亲生母亲杀死的事实，他会因此深受打击。为了避免这种情况发生，必须采取措施……说着，我突然想到一个办法，提出了把监禁伪装成绑架的计划。"

"那么，是叔叔想的那个计划吗……"

雄二自嘲地笑了。

"我说有必要担心尚人的记忆，不过是借口而已。其实，这只不过是为了不让哥哥自首的权宜之计。那时的我还是个医学生，需要哥哥帮我交学费。如果哥哥自首，医院就不得不停业了，那样的话就连学费都拿不出来了。

"为此，就不能让哥哥自首。所以，我才说比起其他事，尚人的记忆更值得担忧。为了不让哥哥去自首，全力将监禁伪装成绑架，我制订了尽可能周密的计划。尚人，哥哥和嫂嫂去世后，我为你提供了高中和大学的学费，让你很感激，但其实这没什么，应该感谢的是我。我只是对你做了哥哥对我做的事而已。"

尚人想说什么，却又说不出来。

"我们把佐川纯代的尸体放回车上，把车子丢进了湖里。在暮色逼近的时候，车子慢慢下沉的光景，至今仍历历在目……哥哥一直后悔没有自首。每年佐川纯代的忌日，夫妇二人都会去奥多摩湖祭拜。但是十四年前，哥哥和嫂嫂在一次巴士坠落事故中丧生。以此为契机，我继承了这家医院。结果，现在的我似乎成了那起案件的受益者……"

尚人看着绯色冴子。

"叔叔会受到刑事处罚吗？"

"不会。"雪女面无表情地回答。

"户田夫妇和雄二的行为属于虚假绑架,依据《刑法》第二百二十五条第二款,并不构成以赎金为目的的绑架罪。虽然属于《轻犯罪法》第一条的虚假申报罪,但这是只需要短期拘留或罚款就可以解决的轻微罪行,而且该案很早以前就已经过了时效。另外,即使杀害佐川纯代,杀人罪的诉讼时效也在十五年后的2003年到期了,所以不会受到刑事处罚。"

"太好了,"尚人低声说,"你为我做出了巨大的牺牲,如果被问罪的话,我也会很歉疚的。"

雄二痛苦地说:"你的父母为了保护你的记忆,为了不让你知道真相,做出了牺牲。但最后我还是把真相告诉了你,你父母的努力都化为乌有了。"

"不,没有的事。爸爸、妈妈和叔叔给了我二十六年的时间,这是足以让我变得坚强的时间。我已经坚强到可以忍受真相了。"

然后,尚人问绯色冴子:"我想打捞亲生母亲佐川纯代的遗体,不知该去哪儿找呢?"

"负责管辖奥多摩湖的东京都水道局应该会负责这项工作,之后应该会向雄二或你索要费用。雄二可能会被提起民事诉讼。"

"请让我来承担所有的费用。即使叔叔被起诉,费用也由我来承担。我想好好吊唁一下亲生母亲。"

尚人接着说:"这应该也是父亲和母亲的愿望。"

读客
悬疑文库

认准读客读悬疑,本本都是大师级。

专注出版中、英、美、日、意、法等世界各国各流派的顶尖悬疑作品。

为读者精挑细选,只出版两种作品:
经过时间洗礼,经典中的经典;口碑爆表、有望成为经典的当代名作。

跟着读客悬疑文库,在大师级的悬疑作品中,
经历惊险反转的脑力激荡,一窥人性的善恶吧。

打开淘宝,扫码进入读客旗舰店,
下一本悬疑更惊奇!